식물 좋아하세요?

식물
좋아하세요?

글·그림 조아나

식물세밀화가의
친애하는
초록 수집 생활

카멜북스는 빨간 날 읽고 싶은 책을 만듭니다.

여러분에게 빨간 날은 어떤 의미인가요? 카멜북스는 빨간 날을 '좋아하는 일을 할 수 있는 날'로 생각했습니다. 미뤄 두었던 책을 읽고 그림도 그리고 생각만 하고 있던 새로운 취미를 시작할 수 있는 날, 오롯이 나를 위해 시간을 보내는 날 말이에요.

빨간 날에는 좋아하는 일을 합니다. 그래서 카멜북스는 빨간 날에 즐기고 싶은 취미와 취향에 관해 이야기하는 책을 시리즈로 엮어 보기로 했습니다. 분야에 상관없이, 나의 세계를 이루는 어떤 것에 대해 즐겁게 들여다보고자 합니다.

'좋아하세요?' 시리즈는 카멜북스의 여러 자아 중 하나가 이끌어 갑니다. 하나의 자아이자 우리의 얼굴이 되어 줄 제3의 팀원과 함께 모두의 빨간 날을 풍요롭게 채우는 책을 만들겠습니다.

카멜북스가 준비한 빨간 날의 세계로 여러분을 초대합니다.

plants
do you like it?

* For your holiday *

일러두기

- 이 책에서 다룬 식물의 이름은 보통명으로 작성하되 구분이 필요한 경우 국립 수목원의 국가표준식물목록을 참고해 함께 표기했습니다.
- 식물학적 정보는 국립수목원의 '국가생물종지식정보시스템'과 국립생물자원 관의 '한반도의 생물다양성'을 참고했으나 일부 토종 작물의 경우 농촌진흥청 국립농업과학원 씨앗은행의 정보를 참고해 작성했습니다.

plants

do you like it?

나의 기억 서랍장 속 식물함

"작은 일도 무시하지 않고 최선을 다해야 한다. 작은 일에도 최선을 다하면 정성스럽게 된다. 정성스럽게 되면 겉으로 드러나고, 겉으로 드러나면 이내 밝아진다. 밝아지면 남을 감동시키고, 남을 감동시키면 변하게 되고, 변하면 생육된다. 그러니 오직 세상에서 지극히 정성을 다하는 사람만이 나와 세상을 변하게 할 수 있는 것이다."

-중용 23장

마음이 느슨해질 때마다 되새기는 구절입니다.

작고 사소하게만 느껴지던 것들이 잔잔한 위로가 되어 다가올 때가 있습니다. 제게는 식물이 그렇습니다. 우리 집 베란다의 초록이부터 아파트 화단을 지키는 나무들, 길가의 아스팔트를 뚫고 올라오는 들풀, 하수구 틈 사이로 피어나는 이름 모를 꽃까지. 그저 바라보는 것만으로 가라앉은 마음이 두근두근 기분 좋은 리듬을 찾습니다.

식물에 전혀 관심이 없다고 생각했던 시절에도 식물과 맞닿은 순간이 있었습니다. 식물을 그리고 기록하면서 그 순간들이 다시금 떠올랐습니다. 희미하게 남아 있던 장면들이 선명하게 빛났습니다. 학창 시절 좋아했던 가수의 노래를 들으면 그때가 그려지는 것처럼, 여행지에서 찍은 사진을 보며 그 여정을 떠올리는 것처럼, 잠시 잊고 지냈던 맑고 아름다운 시간을 식물이 찾아 주었습니다.

기억 속에 켜켜이 쌓인 작은 위로들을 그리고 썼습니다. 기록하지 않으면 흩어져 버릴 기억들, 들여다보지 않으면 사라져 버릴 풍경을 담았습니다. 이 책이 부디 여러분의 기억 속에 잠들어 있는 맑고 아름다운 순간을 깨울 수 있기를 바라봅니다. 언젠가 여러분의 기억도 함께 나눌 수 있는 날을 기대하며.

CONTENTS

나의 기억 서랍장 속 식물함 ··· 008

01 꽃

16

FLOWERS

◉ 튤립 · 도구가 간단해서 ··· 017

◉ 백목련 · 일단, 쉼표 ··· 023

◉ 개나리 · 무게중심을 찾는 일 ··· 029

◎ 앵두나무 · 뜻밖의 계절 ··· 034

◉ 산철쭉 · 다음엔 내가 먼저 마중 나갈게 ··· 039

◉ 스톡 · 춤추는 꽃 ··· 044

◉ 샐비어 · 나만의 꿀단지 ··· 049

◉ 종지나물 · 운명의 식물을 만나는 방법 ··· 055

◎ 아네모네 · 벨베데레 궁전의 아네모네 한 송이 ··· 061

◉ 적작약 소르베 · 가끔은 와르르 무너져도 괜찮아 ··· 067

◉ 연꽃 · 연이 채워 준 하루 ··· 073

◉ 능소화 · 일상을 아름답게 가꾸는 일 ··· 078

◉ 노랑꽃창포 · 나의 첫 식물 스폿 ··· 083

◉ 구억배추꽃 · 내가 그리고 싶은 식물 그림 ··· 088

◉ 코스모스 · 잃어버린 계절 ··· 093

◉ 동백나무 · 나의 고향은 ··· 099

02 잎

⊙ 냉이 · 당신에게 봄은 어떤 향인가요? ··· 107

⊙ 스킨답서스 · 마음을 다하면 생명은 자란다 ··· 112

⊙ 만병초 · 내가 지켜 줄게 ··· 118

⊙ 머위 · 자연이 주는 선물 ··· 124

⊙ 대파 · 빈틈없이 꽉 찬 대파의 줄기처럼 ··· 130

⊙ 로즈마리 · 엄마의 텃밭 ··· 135

⊙ 올리브나무 · 속 빈 강정 ··· 140

⊙ 강아지풀 · 흔들려도 꺾이지 않게 ··· 145

⊙ 사랑초 · 행복은 가까이에 있어 ··· 150

⊙ 담쟁이덩굴 · 나다운 길을 만들어 간다는 건 ··· 155

⊙ 단풍나무 · 나는 지금 어느 계절에 서 있을까 ··· 160

⊙ 손바닥선인장 · 나의 여름 노트 ··· 165

⊙ 장미허브 · 이제부터 HAPPY END-ing ··· 171

⊙ 줄리아 페페로미아 · 소중한 줄리아에게 ··· 176

14

LEAVES

do you
like it?

plants

03 열매

14

FRUITS

◎ 토종 콩 · 계절을 함께 걸어갈, 식구 ··· 186

◎ 당근 · 당근 이파리를 본 적 있어? ··· 191

◎ 뚱딴지 · 내 이름은 ··· 196

◎ 블루베리 · 그림에 담고 싶은 것 ··· 202

◎ 풍선덩굴 · 풍선덩굴 양육일지 ··· 207

◎ 완두 · 난 엄마의 자존감이니까 ··· 213

◎ 무화과 · 친해지길 바라 ··· 218

◎ 대추 · 할아버지의 마음 ··· 223

◎ 단호박 · 단호박 선생님 ··· 227

◎ 마늘 · 기본에 정성을 더하는 일 ··· 232

◎ 파프리카 · 씨앗이 열매를 맺기까지 ··· 237

◎ 래디시 · 보이지 않는다고 빛나지 않는 건 아니야 ··· 241

◎ 먹물버섯 · 숨겨진 아름다움을 발굴하는 일 ··· 246

◎ 솔방울 · 따스하고 촉촉한 움직임 ··· 251

INDEX ··· 254

ASTER TRIPOLIUM L.

갯개미취

(종이 위 수채색연필, 297×420mm, 2020)

쌍떡잎식물 초롱꽃목 국화과의 두해살이풀.
바닷가의 습지에서 무리 지어 자라며,
전국 해안에 분포하고 있다.

DO YOU LIKE PLANTS?

(01)

FLOWER
꽃

16
FLOWERS

BOTANICAL ART

Tulip

Tulipa gesneriana L.

BOTANICAL ART

(1)

튤립

학명	*Tulipa gesneriana L.*
생물학적 분류	*과: 백합과(Liliaceae)*
	속: 산자고속(Tulipa)

do you like plants?

도구가 간단해서

도구가 간단해서

오랜만에 처음 그렸던 그림을 꺼내 보았다. 보태니컬 아트를 시작하면서 그렸던 주황색 튤립. 인제 보니 여기저기 어색한 부분이 눈에 띄어 부끄럽다. 그만큼 보이는 것이 더 많아졌다는 뜻일까. 어려서부터 그림 그리는 일이 취미이자 특기였다. 미술 조기교육을 받은 덕에 그림 그리기를 좋아한다는 걸 일찍 깨달았다. 학기 초마다 친구들이 자기소개서에 쓸 취미와 특기에 대해 고민할 때 나는 늘 망설임 없이 '그림 그리기'를 적었다. 학창 시절에 받은 상의 대부분이 그림을 그려서 받은 것이었고, 주변 사람들에게 그림 잘 그린다는 칭찬도 자주 들었다. 자연스레 미술 쪽으로 진학을 꿈꿨지만 가정 형편 탓으로 접을 수밖에 없었다. 언젠가 꼭 다시 그림을 그리겠다는 소망만 마음 한쪽에 고이고이 남겨 두었다.

시간이 흘러 취직을 하면서 취미로라도 그림을 다시 시작하고 싶었다. 취미미술을 배울 수 있는 곳을 검색해 보니 유명한 미술학원들이 주르륵 떴다. 미술을 배우려면 미술학원에 다니는 게 당연하지만 학원이라는 틀이 무겁게 느껴져 끌리지 않았다. 소규모로 도란도란 수업하는 분위기를 원했기에 그런 방향으로 계속 찾아보았다. 그렇게 몇 달을 수업만 찾아보다가 우연히 보태니컬 아트를 만나게 되었다. 보태니컬 아트? 왠지 있어 보이는 이름에 솔깃해서 블로그를 뒤적거렸다. 그러다가 닿은 곳이 지금 선생님의 블로그였다. 보태니컬 아트에 대한 소개와 준비물이 글로 정리되어 있었고, 수강생들의 그림도 꾸준히 올라오고 있었다. 다양한 식물을 담아낸 작품에 홀려 시간 가는 줄 모르고 한참을 들여다봤다. 색연필로 이렇게까지 표현할 수 있단 말이야? 나도 그려 보고 싶다!

단순히 그림을 그리고 싶었던 것이었으니 어떤 장르

를 택해도 상관없었다. 그런데 굳이 보태니컬 아트를 선택한 이유는, 부끄럽지만 도구가 간단해서. 취미로 하는 것이기에 가볍게 다니고 싶었다. 이것저것 준비할 게 많지 않았으면 했다. 종이와 색연필만 있으면 되겠다 싶어서 수업을 신청했다. 언제 그만둘지 모르니 색연필도 가장 저렴한 학생용 색연필 36색으로 구입했다. 그때만 해도 전혀 예상치 못했다. 내가 이 길을 쭉 걷게 될 거란 걸.

"그림 그리는 거 좋아해요?"

선생님의 인사는 보태니컬 아트가 뭔지도 모르고 그저 그림 그리는 게 좋아서 찾아간 학생의 긴장을 사르르 풀어 주었다. 식물을 그다지 좋아하지 않았고, 식물을 키워 본 것도 손에 꼽을 정도로 식물에 관해서는 관심이 없었다. 식물에 대한 나의 가벼운 마음이 자격 미달로 비칠까 봐 조마조마했는데, 이미 다 알고 있다는 듯 따스하게 건네주신 한마디에 금세 편안해졌다.

처음에는 모작으로 시작했다. 선생님의 튤립 그림을 보며 따라 그렸다. 모작을 통해 스케치부터 본뜨는 법, 그리고 색을 올리는 채색 기법을 차례대로 배웠다. 튤립 한 송이를 이렇게 오랜 시간 들여다본 적이 있었을까. 튤립의 꽃잎이 어떻게 모여 꽃송이를 이루고 있는지, 꽃송이 크기와 줄기 길이의 비율은 또 어떤지, 줄기와 잎은 어디서 시작해 어떻게 뻗어 가는지. 그동안 많은 그림을 그려 왔지만 스케치에 이토록 공을 들인 것은 처음이었다. 튤립의 꽃잎은 이렇게나 결이 선명하구나. 점이 모여 선을 이루고 선이 모여 면을 이루듯 한 줄 한 줄 결이 모여 꽃잎을 이루고 있었다. 주황색 튤립이라고 부르더라도 자연스러운 튤립의 빛깔을 어디 주황색 하나로만 표현할 수 있겠나. 주황 계열 색연필을 메인으로 두지만 노란빛을 섞어 나가고 어두운 부분은 연둣빛으로 표현한다. 처음 칠한 색과 다음 단계에서 칠하는 색이 섞여 들어갈 때는 묘한 쾌감이 느껴졌다.

　　슥슥 색연필 소리를 배경음악 삼아 손끝에 집중하다 보면 두 시간이 훌쩍 지나 있었다. 2주에 한 번, 그림을 그리는 두 시간은 일상에서 떨어져 온전히 그림과 그림 그리는 나에게 몰입하는 시간이었다. 휴식이자 치유였다. 그 힘으로 다시 일상을 살았고, 그 시간이 쌓여 지금의 자리로 나를 이끌었다. 2주에 한 번으로 시작해 1주에 한 번으로, 그리고 어느새 온종일 식물을 그리며 살고 있다. 단 한 번도 이 삶을 꿈꿔 본 적 없다. 식물을 들여다보고 밑그림을 그리고 색을 입히는 지금의 일상이 그저 신기하기만 하다. 꼭 가슴이 터질 듯 두근거려야만, 잠 못 이룰 정도로 설레야만 간절한 꿈, 소중한 마음은 아닌 것 같다. 묵묵히 잔잔하게 만들어 가는 꿈도, 그렇게 품은 마음도 충분히 힘을 가지고 있다.

도구가 간단해서

木蓮圖

Lilytree

Magnolia denudata Desr.

(2)

학명	*Magnolia denudata Desr.*
생물학적 분류	*과: 목련과(Magnoliaceae)* *속: 목련속(Magnolia)*

일단, 쉼표

퇴사를 하는 데 대단한 이유가 있었던 건 아니다. 쉬고 싶어서. 그게 전부였다. 좋아하는 일을 하기 위해서도, 새로운 일을 하고 싶어서도 아니었다. 쉬고 싶은 마음이 우선이었다. 그 마음을 받아들이기까지 오랜 시간 고민했다. 수많은 회사에 지원했지만 그중 나를 선택해 준 유일한 곳, 나의 첫 직장은 대학 시절 교육봉사활동을 하던 청소년 보호시설이었다. 아무것도 모르던 뽀시래기를 5년여간 품으며 어엿한 선생님으로 성장시켜 준 곳이기도 하다. 하루빨리 취준생 신분을 벗어나야겠다는 미지근한 마음으로 시작한 일이었는데, 아이들과 함께하다 보니 그 마음이 점점 뜨거워져 시간 가는 줄 몰랐다. 아이들에게 온 정신을 쏟다 보면 하루, 한 달, 한 해가 정신없이 지나갔다. 탕비실 창문 너머로 보이는 목련나무에 봉긋한 꽃봉오리가 맺히면 그제야 시간의 흐름을 실감했다.

어김없이 분주한 하루를 보내고 잠자리에 누웠는데 문득 생각이 많아졌다. 잘하고 있는 걸까? 밑도 끝도 없는 의심이 물밀듯 밀려왔다. 반복되는 일상 속 변함없는 내가 보였다. 내가 원하는 모습은 이게 아닌데. 아무 생각 없이, 아무 느낌 없이 흐르는 시간에 몸과 마음을 흘려보내는 것만 같았다. 그저 그런 시간 속에 그저 그런 나로 남게 되는 건 아닐까. 점점 깊게 빠져드는 생각을 애써 차단하며 마음을 달랬다. 그러나 한번 찾아왔던 의심은 마음에 틈이 생길 때마다 기가 막히게 파고들었다. 평소라면 가볍게 넘겼을 일로도 나를 끝으로 몰아갔다. 정말 이대로 괜찮은 거야? 자꾸만 맴도는 생각으로 일에 집중할 수가 없었다. 조용히 탕비실로 들어가 따뜻한 차를 우리며 창밖으로 멍한 시선을 던졌다. 어느덧 목련은 보들보들 솜사탕 같은 꽃잎을 펼치고 있었다. 이제 막 걸음마를 뗀 아기처럼 한 잎 한 잎 조심스럽지만 있는 힘껏 정성을 다해. 온전히 자기 힘으로 한 걸음 한 걸음 계절을 걷는 모습이었다.

쓸쓸한 마음을 안고 퇴근해 집으로 돌아왔다. 가라앉은 기분을 어루만지려 문장수집 메모장을 열었다. 마음에 닿은 문장들을 거기에 차곡차곡 쌓아 두었다. 책 속의 문장도 있고 노래 가사도 있고 인터뷰도 있다. 스크롤바를 내리며 하나씩 읽다가 어느 글귀에서 멈췄다.

"일본에 있으면, 일상에 얽매여 있는 사이에, 긴장감도 없이 절절 나이를 먹어 버릴 것만 같은 기분이 들었다. 그리고 그러고 있는 사이에 무언가를 잃어버릴 것만 같은 기분이 들었던 것이다. 나는 말하자면 정말 알알하게 내 온몸으로 느낄 수 있는 생의 시간을 자신의 손으로 쥐고 싶었고, 일본에 있으면 그것은 불가능한 일인 것처럼 생각되었던 것이다."

무라카미 하루키, 『먼 북소리』, 중앙M&B, 1997, p.15

내 마음을 고스란히 옮겨다 적은 것만 같았다. 문장을 되뇌고 또 되뇌었다. 소담히 피어오르던 목련과 하루키의 문장이 겹치면서 쿵쾅쿵쾅 가슴이 뛰었다. 지금 당장 무엇이든 해야 할 것만 같았다. 생의 시간을 온몸으로 알알하게 느낄 수 있는 무언가를. 한참의 고민 끝에 결정을 내렸다. 일단 쉼표. 누군가의 딸, 누군가의 형제자매, 누군가의 친구, 누군가의 선생님 역할을 잠시 내려놓고 오롯이 나로 서 있기 위해 떠나기로 했다. 아무도 나를 모르고, 나 또한 아무것도 모르는 곳으로. 어렵게 붙든 마음이 흔들릴까 봐 빼도 박도 못하게 비행기표부터 끊었다. 비행기표를 끊지 않았더라면 여전히 그 자리에 있었을지도 모른다. 잠시 쉬는 게 그렇게나 어려운 일인가 싶지만 삶은 언제나 내 맘 같지 않으니까.

덥석 표를 살 때의 호기는 오간 데 없이 두려움만 가득 안고 떠났다. 40일을 잘 버틸 수 있을까, 중간에 돌아오고 싶으면 어쩌나, 밥벌이도 끊겼는데! 몰라 어떻게든 되겠지, 나머지 일은 나중에 생각하자, 설마 굶어 죽겠어? 오랜만에 짊어진 배낭은 겨우 10kg이었지만 생각보다 더 무거웠다. 출발점에서 발을 뗀 순간부터는 아무 생각 없이 그저 다가오는 하루를 온전히 살아 내야 했다. 잡다한 생각이 끼어들 틈이 없었다. 돌아갈 수도 돌이킬 수도 없으니 걸으라고, 어디로든 어떻게든 가고 있으니 괜찮다고 다독이며 도착점을 향해 열심히 걸었다. 목적지에 다다랐을 때 바뀐 건 아무것도 없었다. 마치 아무 일도 없었던 것처럼 일상으로 돌아왔다.

여행에서의 하루와 다를 바 없이 시간은 정직하게 흘러간다. 다만 나의 속도와 방향으로 걷는다. 선택에 대한 후회는 없지만, 잘한 선택인지를 묻는다면 아직은 잘 모르겠다고 답할 것 같다. 그저 지금이 아니면 안 될 것 같아서, 어떻게든 되겠지 하는 두 마음만 믿고 간다.

일단, 쉼표

Korean Forsythia

Forsythia koreana (Rehder) Nakai

(3)

학명	*Forsythia koreana (Rehder) Nakai*
생물학적 분류	*과: 물푸레나무과(Oleaceae)* *속: 개나리속(Forsythia)*

무게중심을 찾는 일

봄이 되면 유독 노란색이 끌린다. 그도 그럴 것이 봄에 피는 꽃 중에 노란색 꽃이 많다. 개나리, 유채꽃, 배추꽃, 민들레, 수선화, 산수유까지 여기저기서 노란빛을 팡팡 터트린다. 오랜 시간 학습된 반응인 것 같지만 그래도 따스한 봄과 참 잘 어울리는 색이다. 하지만 봄의 노란 꽃들을 노란색 꽃이라는 라벨로 한데 묶어 두기는 아쉬운 것이다. 자세히 살펴보면 저마다 자기만의 노랑을 소화해 내고 있다.

바람개비 모양의 개나리는 경쾌하게 밝은 노란색이

다. 꽃잎에 광택이 있어 반짝거린다. 쌍둥이처럼 꼭 닮은 유채꽃과 배추꽃은 새끼손가락 손톱만큼 작은 잎이 꽃을 이룬다. 앙증맞은 꽃잎이 노랑의 힘을 받아 깜찍하다. 민들레의 노랑은 진하고 묵직하다. 여러 갈래로 갈라진 노란 꽃잎이 단단하게 하나로 묶여 있다. 한 올의 흘러내림도 허락하지 않겠다는 듯 정갈하게 묶인 포니테일이 강인한 생명력을 지닌 민들레와 잘 어울린다. 새빨간 열매로 익숙한 산수유는 연둣빛 노란 꽃을 피운다. 밤하늘을 수놓는 불꽃놀이처럼 사방으로 꽃이 터진다. 애정을 담아 보면 이렇게나 다른데 그동안 그저 노란색 꽃, 봄에 피는 꽃으로만 알고 지냈다.

자연을 가까이에 두면 지루할 틈이 없다. 식물의 다양한 순간을 발견하고 읽는 재미가 있다. 계절의 흐름에 따른 변화뿐만 아니라 공간에 따라 달라지는 식물의 모습과 분위기를 관찰하다 보면 시간 가는 줄 모른다. 아파트 담벼락 너머로 길게 뻗어 나온 가지를 따라 개나리가 일정한 간격으로 종종종 피어 있다. 노란 유치원복을 입고 선생님을 따라가는 아이들 같다. 짝꿍의 손을 꼬옥 붙잡고 선생님의 부름에 귀를 쫑긋 세운 채 줄을 맞춰 걸어가는 모습이 그려진다. 근처 공원의 개나리는 조금 다르다. 이리저리 뻗은 가지들이 다듬어져 마치 한 다발로 보인다. 실타래처럼 가지를 돌돌 말아 놓은 듯하다. 얽히고설킨 가지 사이로 꽃망울이 옹기종기 피어난다. 전철 창밖으로 바라보는 풍경 속 개나리는 또 다르다. 사람의 발길이 닿지 않는 곳의 개나리는 기운이 넘친다. 개나리 가지가 저렇게 쭉쭉 뻗을 수 있구나 싶다. 사방으로 곧게 뻗은 가지에 널찍이 한 자리씩 자리 잡은 꽃망울은 한층 여유로워 보인다. 스쳐 가는 장면에서도 개나리는 눈에 띈다. 풍경에 어우러지면서도 자기만의 아름다움을 빛내고 있다. 머무는 자리에서 할 수 있는 것들을 해내며 봄을 채운다. 힘껏 가지를 뻗고, 잎을 내고, 꽃을 피우며. 덕분에 멀리 떠나지 않아도 매일 오가는 풍경 속에서 봄을 느낀다. 개나리가 없는 봄은 상상할 수 없다.

언제부턴가 나를 둘러싼 배경, 내가 입고 있는 역할에 자꾸만 나를 끼워 맞추며 지냈다. 그 틀에서 조금이라도 벗어나면 마치 큰 실수를 한 것처럼 스스로 다그치고 몰아붙였다. 옥에 티가 될까, 삐져나온 실밥이 될까 걱정했던 것 같다. 몸과 마음이 지쳐 나가떨어진 후에야 알았다. 배경과 역할에만 시선을 둔 채 나에게는 소홀했다는 걸. 한쪽으로 치우친 마음의 힘을 옮기기 위해 노력했다. 시간이 없다

do you like plants?

무게중심을 찾는 일

는 핑계로, 피곤하다는 이유로 미뤄 온 일을 하나씩 시작했다. 먹고 싶었던 음식을 먹으러 가고, 보고 싶었던 전시와 공연을 예매하고, 만나고 싶었던 사람들을 만났다. 사회 구성원으로서의 나와 내 삶의 주체로서의 나의 균형을 맞추는 일은 어렵다. 혼자서는 살아갈 수 없는 세상이지만 내 삶의 중심은 나이기에 어느 한쪽도 가볍게 여길 수 없다. 무엇보다 양쪽의 무게를 감당할 수 있는 적절한 무게중심을 찾는 게 중요하다. 봄이라는 커다란 배경 속에서도 개나리가 돋보였던 건 그 때문이었을 테니까. 주어진 환경에 순응하면서도 소신 있게 자기 삶을 펼쳐 가는 자연스러운 무게중심.

때마다 정기검진을 받는 것처럼 틈틈이 마음을 점검해 본다. 여전히 저울은 무게중심을 잡지 못하고 오르락내리락하지만 이제는 어느 쪽으로 기울었는지를 조금 더 빨리 알아챌 수 있게 되었다. 배경 속에 잘 어우러지고 있는지, 혹여 배경에 가려지지는 않았는지 수시로 들여다본다. 그러다 보면 언젠가는 봄날의 개나리처럼 아름다운 무게중심을 갖게 되리라 믿으면서.

Korean Cherry

Prunus tomentosa Thunb.

BOTANICAL ART

학명	*Prunus tomentosa Thunb.*
생물학적 분류	과: 장미과(Rosaceae) 속: 벚나무속(Prunus)

뜻밖의 계절

물꽂이를 해 둔 앵두나무 가지에 꽃이 폈다. 꽃봉오리였던 녀석들이 물을 듬뿍 먹고 활짝 피어났다. 벚꽃의 미니미 같다. 화사한 분홍빛 꽃봉오리가 활짝 펼쳐지며 은은해진 색감에 괜스레 마음이 설렌다. 하룻밤 사이 무미건조한 내 방에 봄이 들었다. 고요하고 잔잔한 마음에 이따금 돌멩이를 던져주던 그녀가 생각난다.

그 날, 휴대폰 화면에 뜻밖의 이름과 함께 물음표가 떠올랐다. 얘가 갑자기 무슨 일이지? 결혼하나? 뜬금없이 휴대폰을 채우는 이름에 상투적인 반응이 나왔다. 받을까 말까, 받을까 말까. 드르륵드르륵. 전화 안 받고 뭐 하냐고 재촉하는 휴대폰을 힐끔 쳐다보며 마음을 저울질한다. 반가운 마음과 어색한 마음이 오르락내리락. 한참을 망설이다가 어색한 마음보다 반가운 마음이 더 내려앉아 통화 버튼을 눌렀다.

"아나 잘 지냈? 그냥 생각나서 전화햇!"

오랜만에 듣는 고향 사투리가 괜히 더 움츠러들게 했다. 쭈뼛쭈뼛 받은 전화에 친구는 그저 반가움만 가득 담은 목소리로 말했다. 혼자 걷고 있는데 그냥 내 생각이 나서 전화했단다. 자연스레 서로의 안부를 물으며 이런저런 이야기를 나누다 보니 어색함은 온데간데없고 마치 고등학교 때로 돌아간 것만 같았다. 잠자는 시간만 빼놓고 매일 매 순간 함께했던 그 시절로. 모든 수업이 끝나고 해가 수평선에 닿을 무렵, 우리는 석식을 후루룩 흡입하고 운동장으로 뛰쳐나갔다. 입에는 아이스크림을 하나씩 물고서. 야간 자율학습이 시작하기 전에 석식 시간을 쪼개어 운동장을 걸으며 조잘조잘 수다를 떨곤 했다. 장난기 가득한 목소리, 시원한 웃음,

무엇보다 먼저 안부 인사를 건네는 고운 마음. 여전하구나, 넌. 잠깐의 통화만으로도 그녀와 함께 운동장을 거닐고 있는 것 같아 입가에 미소가 지어졌다.

생각해 보면 늘 그녀가 먼저 내게 손을 내밀어 주었다. 마치 나를 포착하는 레이더망을 가진 사람처럼 어디서든 나를 발견하고는, 아나까나! 하고 자신이 지은 별명으로 나를 부르곤 했다. 조용하고 정적인 나와는 달리 활발하고 유쾌한 그녀와 함께 있으면 덩달아 말이 많아지고 행동도 커졌다. 나조차 모르고 있었던 나의 또 다른 모습을 꺼내어 펼쳐 주었다. 대학에 들어가고 사회생활을 시작한 후에도 그녀는 여전히 날 지켜보고 있는 것처럼 불시에 연락해서는 들뜨게 만들었다. 누군가에게 문득 떠오르는 사람이라는 게 얼마나 기쁘고 설레는 일인지 느끼게 해 준 고마운 친구. 난 언제쯤 너에게 '그냥 생각나서'라는 이유로 연락을 해 볼 수 있을까.

몇 해 전 통화 이후로 연락이 뜸해진 그녀를 떠올리며 앵두나무를 그린다. 뜻밖의 봄을 선물해 준 앵두나무와 똑 닮은 너에게. 혹시나 나의 연락이 부담으로 다가가지 않을까 주저하며 미뤄 둔 안부 인사를 이번엔 내가 먼저 전해 본다. 앵두나무 그리는데 그냥 네 생각이 나서 연락했어.

뜻밖의 계절

Korean Azalea

Rhododendron yedoense f. poukhanense (H.Lév.) M.Sugim. ex T.Yamaz.

BOTANICAL ART

(5)

산철쭉	5
학명	*Rhododendron yedoense f. poukhanense (H.Lév.) M.Sugim. ex T.Yamaz.*
생물학적 분류	과: 진달래과(Ericaceae)
	속: 진달래속(Rhododendron)

다음엔 내가 먼저 마중 나갈게

다음엔 내가 먼저 마중 나갈게

달력도 돈 주고 사는 물건이라는 걸 알게 된 건 대학을 다니면서부터였다. 달력은 어디서 얻어 오는 거 아닌가? 굳이 챙기지 않아도 때가 되면 저절로 바뀌어 있는 물건이 달력이었다. 연말이면 엄마가 성당에서 얻어 오기도 했고, 아빠가 은행을 다녀오며 가져다주기도 했다. 달마다 넘기는 벽걸이 달력은 가운데 스프링을 기준으로 상단 면에는 사진이, 하단 면에는 달력이 프린트되어 있었다. 상단 면의 사진엔 그 달에 어울리는 제주의 풍경이 담겨 있었다. 제주에서 나고 자란 나도 쉽게 보지 못하는 제주가 가장 화려하게 피어나는 순간들.

매해 매달 달력은 바뀌어도 달력 속의 풍경은 크게
달라지지 않았다. 열두 달의 사진에서 가장 큰 지분을 차지
하는 건 역시나 제주의 자랑, 한라산. 굳이 힘들여 등반하
지 않아도 달력만 휘휘 넘기면 한라산의 사계절을 만날 수
있었다. 영실코스에서 바라본 한라산의 뒤통수와 그 주위
를 에워싼 자줏빛 꽃이 봄을 열었고, 여름에는 백록담에 물
이 차올라 하늘을 품고 있다. 가을엔 한라산 능선을 따라 굽
이치는 울긋불긋 단풍 물결이 이어지고, 겨울은 눈바람이
나무와 함께 만들어 낸 눈꽃이 장식했다. 지금에 와서야 새
삼 사진 속 풍경이 아름다웠다고 떠올리지만 어릴 땐 별다
른 감흥을 느끼지 못했다. 말 그대로 달력에 덧붙은 사진 그
이상도 그 이하도 아니었다. 어차피 매일 보는 건데 뭐, 하고.
누구나 부러워할 만한 자연 속에 살았지만 정작 나는 무관
심하고 무뎠다. 달력 사진 속 꽃이나 나무에 대해서 한 번쯤
은 엄마 아빠에게 물어볼 법도 한데 그런 호기심마저 없었
다. 그러니 흔히들 아는 산철쭉조차 자주색 꽃이라고만 알고
있었다. 대학에 들어가기 전까지 해마다 달마다 달력을 넘기
며 한라산을 손으로 만지고 눈으로 담았다. 그렇게 매일 보

산철쭉

꽃

던 색감이, 매일 만지던 촉감이, 서서히 기억 속으로 진하게
스며드는 줄도 모르는 채.

　　서울살이를 하면서 문득문득 그 기억과 감각들이 깨
어나곤 했다. 가장 자주 떠오르는 기억은 강렬한 색감의 그
꽃이었다. 어디에 살든 집 근처 공원에 가면 만날 수 있는
꽃. 자줏빛의 그 꽃. 저거 그건데, 3월 달력에서 보던 꽃. 이
름이 뭐더라? 한 번도 알아보려 하지 않았기에 기억에 있을
턱이 없는 이름을 찾곤 했다. 꽃 근처 팻말이 그런 나를 알
아보고는 똑바로 바라보며 나무란다. 산! 철! 쭉! 기억해, 산
철쭉! 어쩐지 뾰족뾰족한 발음이 나를 한 번 더 꾸짖는 듯
하다. 산철쭉, 산철쭉, 꼭꼭 씹어 삼키듯 입으로 계속 이름을
되뇌며 꽃을 들여다본다. 분홍색 한 줄, 자주색 한 줄이 차
곡차곡 겹쳐지며 꽃잎 가득 차오른 색감이 참 곱다. 약간의
광택이 더해져 우아한 꽃잎이 꼭 한복 치마 같다. 위쪽 꽃잎
에는 진홍색의 반점이 있다. 사방으로 펼쳐진 꽃잎 가운데로
벌과 나비와 교신해야 한다는 듯 암술과 수술이 쭉 솟아나
있다. 잎사귀는 이름만큼이나 끝이 뾰족하고 길쭉한 타원형
이다. 둥글둥글한 계란형의 잎사귀를 가진 철쭉과 다른 점이
다. 잎보다 꽃이 먼저 피는 진달래와 다르게 산철쭉은 잎이

다음엔 내가 먼저 마중 나갈게

난 후 꽃이 핀다. 그래서 산철쭉 사이사이를 잘 살펴보면 잎사귀와 함께 꽃봉오리가 달린 가지를 찾을 수 있다.

봄이면 언제 어디서든 흔하게 볼 수 있지만 그래서 더 쉽게 지나칠 수 있는 꽃. 강렬한 색깔만 이미지로 남았던 것을 이젠 이름도, 꽃과 잎의 생김새도, 암술과 수술의 모양까지도 머릿속에 입력해 둔다. 계절을 앞서 걸으며 아름다운 모습으로 친절히 봄을 알리던 너를 이제는 내가 기억하고 먼저 알아볼게.

산철쭉

Stock

Mathiola incana

BOTANICAL ART

(6)

학명	*Mathiola incana*
생물학적 분류	과: 십자화과(*Cruciferae*) 속: 스토크속(*Matthiola*)

춤추는 꽃

종종 틈이 생기면 플라워클래스를 찾아다닌다. 다양한 꽃과 소재를 한 번에 만날 생각에 매번 가기 전부터 마음이 설렌다. 보통은 클래스마다 메인이 되는 꽃들이 있다. 장미, 아네모네, 튤립, 작약처럼 가지 하나에 꽃송이 하나가 달린 아이들. 크고 화려한 꽃송이가 한눈에 들어오는 꽃이 그날의 주인공이 된다. 그 외의 꽃과 소재는 주인공 곁에서 공간을 채우며 풍성한 분위기를 만들어 주는 역할을 한다.

스톡은 늘 주인공이 아니었다. 은은한 꽃송이가 어

떤 꽃과도 자연스럽게 어우러지기에 주로 주인공의 곁을 채우는 데 쓰였다. 그치만 그저 배경꽃으로 남겨 두기엔 아깝다. 가지 하나에 여러 개의 꽃송이를 피우는 스톡은 홀로 서 있어도 아름다움이 차고 넘친다. 오늘은 스톡을 주인공으로 만들어 주고 싶었다. 하얀 벽지를 배경으로 스톡 한 가지를 찍는다. 창가를 오른쪽에 두고 찍었더니 스톡 전체에 빛이 골고루 담기지 않았다. 빛을 받은 쪽은 너무 밝았고 그렇지 못한 쪽은 그늘져 어두웠다. 색감과 형태를 정확하게 표현하려면 사진을 다시 찍어야 했지만 명암이 분명한 스톡의 모습이 왠지 마음에 들어 그대로 그리기로 했다.

　　꽃잎이 어찌나 많은지 스케치부터 쉽지 않다. 꽃잎의 모양은 또 왜 이렇게 가지각색인지. 한 송이 꽃이라도 바라보는 각도와 방향에 따라 모양이 달라진다. 어떤 꽃송이는 얼굴의 정면을 보여 주고, 또 어떤 꽃송이는 뒤통수만 보여 준다. 그에 따라 꽃잎이 펼쳐지고 말려들어 가는 방향이 다르다. 각각의 아름다움을 발견하고 담아내는 게 식물을 그리는 즐거움이지만 막상 그걸 표현해야 하는 순간엔 이를 악물고 끙끙 앓게 된다. 내가 왜 이 아이를 선택했을까 하는 한탄과 함께.

스톡은 부드럽고 여린 꽃잎을 가졌다. 이제 막 피어난 꽃송이의 꽃잎은 뽀송뽀송하고 보드랍다. 시간이 지날수록 꽃잎의 결이 깊어지고 말려들어 가며 쪼글쪼글해진다. 마치 한 사람의 생애를 들여다보는 것처럼 꽃잎의 변화에서 스톡의 시간을 느낄 수 있다. 층층이 레이스가 쌓인 캉캉치마를 떠올리게 하는 꽃송이들. 겹겹의 꽃잎은 마치 프릴 같아 살랑살랑 리듬감이 느껴진다. 금방이라도 치맛자락을 흔들며 춤을 출 것 같다. 스톡을 우리말로 비단향꽃무라고 부르는데, 그래서 '꽃무'가 붙은 걸까? 꽃이 춤춘다. 명확한 어원은 찾을 수 없지만 '비단향'은 향을 묘사한 것이고 '꽃무'는 꽃이 무리 지어 있는 것을 뜻한다는 의견이 많았다. 다양한 해석이 가능한 것이라면, '춤추는 꽃'이라는 나의 해석도 더하고 싶다.

나의 춤추는 꽃은 캉캉치마를 입고 있지만 캉캉을 추듯 마냥 경쾌하지는 않다. 화사하고 부드럽지만 조용하고 묵직하다. 빛을 한가득 받는 무대 위에서는 아름다운 선과 몸짓을 자랑하지만 바깥에서는 묵묵히 자신을 단련하는 무용수처럼. 명암에 따라 흔들리지 않고 빛도 그늘도 그저 담담히 자신의 것으로 흡수하고 있었다.

빛은 빛대로 그늘은 그늘대로 의미가 있다. 빛을 받는다고 해서 언제나 기쁜 것도, 그늘이 졌다고 해서 줄곧 슬픈 것도 아니다. 빛이 너무 뜨거워 벗어나고 싶을 때도 있고, 그늘이 한숨 돌릴 휴식처가 되어 주기도 한다. 그 순간을 의미 있게 받아들이려는 마음가짐이 중요하다. 그림에 명암이 더해질 때 깊이감이 생기듯 내 삶도 명암을 겪으며 깊어질 거다. 그렇기에 빛과 그늘에 담긴 모든 순간을 아끼고 사랑할 거다.

Salvia

Salvia splendens Sellow ex Schult.

BOTANICAL ART

(7)

학명	*Salvia splendens Sellow ex Schult.*
생물학적 분류	과: 꿀풀과*(Labiatae)* 속: 배암차즈기속*(Salvia)*

나만의 꿀단지

어릴 적 소원은 화장실이 실내에 있는 집에 사는 거였다. 초등학교 5학년 때까지 옛날 집에 살았다. 울퉁불퉁 현무암 돌담에 둘러싸인 슬레이트 지붕의 제주식 옛날 집. 요즘은 고층 아파트가 들어서 쉽게 찾아보기 어렵고, 있는 것마저도 카페나 식당, 게스트하우스 등으로 리모델링할 만큼 인기 만점인 집. 하지만 어릴 적엔 그런 집에 사는 게 불편할뿐더러 괜히 부끄러웠다.

녹이 슬어 빛바랜 붉은 철제문을 열고 들어가면 너

른 마당이 있었다. 대문 바로 옆쪽으로는 재래식 화장실이 두 칸 있고, 마당을 가로질러 사각형 돌을 폴짝폴짝 밟으면 문 앞에 다다랐다. 드르륵 미닫이문을 열고 들어가면 신발을 벗는 현관이 나온다. 신발을 벗고 창호지 문을 열어 한 계단 올라서면 따스한 온기가 느껴졌다. 가운데 기다란 마루를 기준으로 양쪽에 방이 있었다. 왼쪽에 두 개 오른쪽에 한 개, 총 세 개였는데 나중에 왼쪽 두 개의 방을 하나로 텄던 걸로 기억한다. 오른쪽 방 뒤편으로는 자그마한 부엌이 있었다. 마루를 지나서 뒤쪽으로 연결되는 문이 하나 더 있었다. 그 문을 열면 돌담을 마주하는데, 집과 돌담 사이에 식물이 빼곡히 들어차 있었다. 할아버지 할머니께서 키우시던 크고 작은 화분들에 엄마의 손길이 더해져 더욱 풍성해졌던 곳. 정원이라기엔 소박하고 텃밭이라기엔 화려했던 뒷마당. 뒷문으로 나와 식물을 오른편에 두고 끝으로 걸어가면 창고 겸 욕실이 나왔다. 욕실 벽에는 거울이 달려 있고 우리 가족의 칫솔이 주르륵 줄 서 있었다. 한쪽엔 세탁기와 연탄보일러가 있고, 안쪽에는 까만 연탄이 차곡차곡 쌓여 있었다.

흐른 시간에 비해 기억이 선명해서 놀랍다. 너른 마당에 옛날식 슬레이트 지붕 집, 식물이 가득한 뒷마당까지. 지

금 생각해 보면 낭만적으로 느껴지는데 그때는 마냥 불편했
다. 혼자 화장실을 가는 게 무서워 꼭 엄마와 함께여야 다녀
올 수 있었던 것도, 안 그래도 씻기 귀찮은데 욕실까지 가는
길이 멀어 매번 짜증을 냈던 것도, 낡고 허름한 집에 친구들
을 초대할 때마다 괜히 눈치를 봤던 것도. 지나고 나면 다 추
억이라는 말에 늘 고개를 절레절레 저을 정도로 옛날 집을
싫어했는데, 이제 그런 모습조차도 떠올리며 빙긋 웃을 수
있을 만큼 드문드문 생각나고 그립다.

　　식물을 그리게 되면서 엄마가 애지중지 가꾸던 뒷마
당의 풍경이 종종 떠오른다. 그때 어떤 화분들이 있었는지
다 기억하지는 못하지만 몇 가지는 선명히 떠오른다. 선인장
과 봉선화 그리고 샐비어. 선인장은 손바닥선인장이었는데,
그때는 선인장이 왜 이렇게 생겼을까 의문이었다. 만화 속에
나오는 선인장은 삼지창 모양으로 기다랗던데 우리 집 선인
장은 왜 넓적할까 생각했다. 여름이면 엄마가 봉선화 잎을
빻아 하얀색 가루와 섞은 것을 손톱에 올리고 실로 꽁꽁 묶
어 주었다. 엄마의 매니큐어를 호시탐탐 노리던 나는 손톱만
딱 물들었으면 좋겠는데 손가락까지 물들여 버리는 봉선화
를 썩 좋아하지 않았던 것 같다. 그리고 나만의 꿀단지였던

사루비아, 샐비어.

연하고 투명한 느낌의 봉선화와는 달리 샐비어는 진한 색으로 존재감을 뽐냈다. 바깥으로 쭉 뻗어 나온 꽃잎을 떼어 하얀 부분을 입에 머금으면 달콤한 맛이 입안을 스쳐 갔다. 샐비어 꽃잎에 꿀이 들어 있다는 사실을 알게 된 후에는 매일같이 샐비어 앞에 앉아 꽃잎이 올라오기만을 기다렸다. 올라오는 족족 뽑아냈기에 샐비어 주변은 늘 널브러진 꽃잎으로 처참한 현장이 펼쳐졌다. 꽃잎의 단맛은 복불복이었다. 뽑자마자 꿀주머니에 가득 찬 꿀이 보이는 꽃잎도 있었고, 아무리 빨아도 꿀은커녕 씁쓸한 맛이 느껴지는 꽃잎도 있었다. 꽃잎이 주는 달콤함이 시시해질 때쯤 샐비어 꽃잎을 뽑는 걸 그만두었다. 꿀 한 방울로는 위로가 되지 않는 고단한 날들이 초등학생 꼬맹이에게 찾아왔던 걸까. 아무튼 그 이후로 샐비어는 관심 밖의 대상이었다.

한참의 시간이 흐른 후 숲에서 우연히 샐비어를 만나게 되었다. 2박 3일로 센터의 아이들과 함께 간 숲이었다. 다 같이 산책하다가 길가에 놓인 파란색 플라스틱 화분에 샐비어가 심겨 있는 것을 발견했다. 여전히 짙은 다홍색으로 아이들의 시선을 단박에 끌어당긴 샐비어. 쪼르르 달려가 샐비어 앞에 옹기종기 앉은 아이들의 입에 꽃잎을 물려 주었다. "오, 달아요!" 눈이 휘둥그레지는 아이들의 얼굴에 어린 날의 내 모습이 겹쳐졌다. 꽃잎을 보여 주며 하얀 부분에 꿀이 들어 있어서 그렇다고 이야기해 주었다. 꽃잎을 이리저리 살펴보며 신기해하는 모습이 생기 넘친다. 시큰둥한 내 입에도 꽃잎을 물렸다. 오랜만에 느끼는 달콤함에 미소가 지어졌다.

우리를 웃음 짓게 하는 건 입안을 가득 채우는 진득한 단맛보다 혀끝에 맴도는 한 방울의 달콤함이 아닐까. 즐길 새도 없이 금세 사라질 순간이지만 충분히 만족스러운 한 방울. 그 찰나의 달콤함을 누리게 해 주는 건 사소한 것에도 기뻐할 줄 아는 맑고 투명한 마음일 것이다.

Meadow Violet

Viola sororia Willd., 1806.

BOTANICAL ART

8

학명	*Viola sororia Willd., 1806.*
생물학적 분류	과: 제비꽃과(Violaceae) 속: 제비꽃속(Viola)

do you like plants?

운명의 식물을 만나는 방법

운명의 식물을 만나는 방법

이 식물을 왜 그리게 되었어요? 보태니컬 아트 수업에 가면 꼭 받게 되는 질문이다. 수업을 들으면서 이것저것 배우기도 하지만 아틀리에 식구들이 그리는 식물을 보며 배우는 점도 많다. 어쩌다가 이 식물을 그리게 됐을까? 어디서 저 식물을 보게 된 걸까? 궁금한 게 많지만 정작 질문을 받으면 답하기 어렵다. '그냥…'이라는 말이 입에서 맴돈다. 그리고 받은 질문을 되새기며 스스로 묻는다. 이 아이를 왜 그리게 됐지? 수많은 식물 중에서 그림으로 기록할 운명의 소재를 만나는 건 쉽지 않다. 정확히 말하자면 그 과정을 설명하기가 참 어렵다. 그래서 운명의 식물이다. 설명할 수 없는 어떤 끌림에 의해 식물과 인연이 닿는다. 보자마자 첫눈에 반해 사랑에 빠질 때도 있고, 묻어 둔 기억 속에서 문득 떠오른 식물을 찾아다니기도 한다. 이따금 식물이 자꾸만 내 주변을 맴돌 때도 있다.

대학에 다닐 적부터 사회생활을 할 때까지 10여 년의 보금자리였던 서울을 떠났다. 학창 시절의 로망이 서울살이였지만 멀리 떠나는 게 아니기에 크게 아쉽지 않았다. 새로 이사 온 곳은 서울과 가깝지만 서울보다 한적하고 조용한 동네다. 오랜 시간 터를 지켜 온 낮은 집들 사이에 새로운 집이 삐쭉삐쭉 솟아 있는 곳. 그곳에서 조금 떨어진 쪽에 자리를 잡았다. 허허벌판 위로 우뚝 선 아파트 꼭대기 층이다. 베란다에 서면 한눈에 들어오는 풍경이 마냥 신기했다. 이삿짐을 옮길 무렵부터 꾸물꾸물하던 하늘이 마지막 이삿짐을 올려놓자마자 비를 쏟아 냈다. 결혼식 날 비가 오면 잘 산다던데, 이삿날에도 해당이 되려나? 좋은 기운이 너그럽게 품어 주기를 바라며 조용히 마음으로 빌었다. '이제껏 그래 왔듯 부디 이곳에서도 별 탈 없이 잘 지내게 해 주세요.'

화창하게 갠 다음 날, 생필품을 사러 나섰다. 그 김에 동네 산책까지 할 계획으로. 사야 할 물건이 꽤 많아서 산책을 목적으로 일부러 먼 길을 찾았다. 이곳저곳 발길 닿는 대로 구석구석 둘러본다. 생각보다 더 아기자기한 동네다. 집집마다 시간이 쌓아 올린 흔적들이 보인다. 초록색 천막이 덜렁거리는 철물점, 입구에 화분이 줄지어 있는 미용실, 드르륵 미닫이문이 열리고 닫히는 작은 슈퍼마켓, 낮은 빌라들에 둘러싸인 작은 초등학교. 학교 담벼락을 가득 채운 담쟁이가 어디까지 닿아 있나 따라가 보았다. 학교 울타리를 빙 돌아 도착한 곳은 조그만 놀이터. 까르르 아이들의 웃음소리가 들려야 할 자리에 쏴쏴 부는 바람과 이파리들의 속삭임만 맴돈다. 일상이 잠시 멈춘 날들이다. 맑은 하늘 아래 반짝이는 나무를 바라보며 놀이터를 빠져나오는데 무언가 발걸음을 붙잡았다. 눈 내린 듯 소복이 쌓인 꽃잎. 제비꽃인가? 이렇게나 자그마한 꽃이구나. 사진으로 봤을 땐 몰랐는데. 요즘 내 SNS 피드에 자꾸만 올라오던 제비꽃과 비슷한 아이들이 만발해 있었다. 눈에서 아른거리더니 이렇게 만나게 될 줄이야. 털썩 주저앉아 아이들과 1:1 미팅을 시작했다.

하얀 꽃잎에 보라색 물감을 한 방울 톡 떨어뜨린 듯

운명의 식물을 만나는 방법

맥을 따라 보랏빛이 녹아 있다. 꽃의 중심부는 맑은 연둣빛
이고 양쪽으로 달린 꽃잎엔 수염이 나 있다. 촘촘한 수염이
한 올 한 올 얼마나 정교한지 홀린 듯 들여다봤다. 거의 바닥
에 붙어 있는 듯한 높이에 자리한 녀석들을 마주하느라 몸
을 꾸깃꾸깃 접었다. 사진으로 봤던 제비꽃 같기는 한데 확
신이 들지 않아 그 자리에서 찾아보았다. 사진을 찍어 검색
하니 나오는 이름은 종지나물. 잎이 종지 모양이라 종지나물
이라고 한단다. 광복 이후 미국에서 들어온 귀화식물로, 우
리나라의 제비꽃과 비슷하여 미국제비꽃이라고도 불린다.
설명을 따라 잎의 모양을 살펴보니 안쪽으로 도르르 말린
것이 정말 종지 모양이다. 시간이 지나면 말려 있던 부분이
펼쳐져 하트 모양으로 보인다.

눈송이 같은 아이들의 얼굴에 햇살이 내린다. 따스한
온기가 등을 감싸는 걸 보니 시간이 꽤 흘렀나 보다. 이제 우
리 헤어져야 할 시간이야. 여린 꽃잎을 살살 문지른다. 인연
의 끈을 놓지 않고 나를 곁으로 끌어 준 기분이다. 빨리 찾
아오지 않는다고 보채지 않고 나의 걸음을 기다린 것 같아
고마웠다. 어쩌면 사람과의 연도 마찬가지 아닐까. 만나게 될
사람은 어떻게든 만난다. 서두르지 않아도, 억지를 부리지

않아도 자연스럽게. 다만 내게 보내는 신호를 눈치챌 수 있게 눈과 귀를 열어 두어야 한다. 작고 낮은 속삭임도 흘려보내지 않도록. 우연으로 가볍게 넘겨 버릴 순간이 깊고 귀한 운명의 시작일 수도 있으니까.

운명의 식물을 만나는 방법

아네모네

꽃

Anemone

Anemone coronaria

학명	*Anemone coronaria*
생물학적 분류	과: 미나리아재비과*(Ranunculaceae)* 속: 바람꽃속*(Anemone)*

벨베데레 궁전의 아네모네 한 송이

"2012.1.19. 흐리고 비 옴. 벨베데레 궁전에서 이상형을 만났다."

하늘이 우중충하다. 아침 식사를 하며 어디를 갈까 고민하다가 비가 올 것 같으니 실내에 들어가기로 했다. 빈에서 가장 메인 일정이었던 벨베데레 궁전. 궁전보다 궁전에 걸려 있는 클림트의 작품으로 유명한 곳. 추적추적 내리는 비를 헤치며 궁전으로 찾아갔다. 궁전이 꽤 커서 조금 헤맸다. 겨울이라 스산한 느낌의 정원은 비까지 내려 어쩐지 으스스했다. 궁전으로 들어서니 훈훈한 바람이 훅 불었다. 다행히 사람이 많지 않아서 조용히 구경할 수 있었다. 천천히 클림트의 작품을 감상하고 나서 잠시 쉬어 갈 겸 자리에 앉았다. 아픈 다리를 툭툭 두드리며 이리저리 사람 구경을 했다. 한국에서도 카페 창가에 앉아 사람 구경하기를 좋아했는데, 생경한 풍경을 앞에 두니 훨씬 더 흥미로웠다.

그 순간 나타났다. 고운 백발에 분홍빛이 도는 주름진 피부, 푸른빛의 눈동자와 동그란 은테 안경. 검은색 바탕에 하얀색 물방울무늬 원피스, 팔에 걸친 검은색 에나멜 백과 붉은색 카디건, 그리고 빨간 레페토 플랫슈즈까지. 아, 완전히 반했다. 끝이 하얗게 물든 짙은 빨간색 꽃잎과 줄기의 여린 곡선, 모든 색을 품은 묘한 블랙의 암술. 그래 맞다, 아네모네. 빨간 아네모네 한 송이였다. 내 앞에서 살랑이는 아네모네 한 송이에 시선을 빼앗겨 멍하니 바라봤다. 알아들을 수는 없지만, 소녀 같은 발랄한 말투에 귀도 쫑긋해졌다. 빤히 바라보는 시선을 느꼈던 건지 살짝 눈이 마주쳐서 당황했지만 최대한 자연스럽게 시선을 옮기려고 애썼다. 영어를 조금만 더 잘했다면, 아니 한 움큼의 용기를 내었더라면 사진 한 장만 같이 찍자고 말을 걸어 볼 수 있었을 텐데. 저렇게 나이가 들면 좋겠다는 생각을 그때 처음으로 했다. 눈앞의 아네모네 한 송이처럼 아름다운 어른이 되고 싶다고 생각했다. 시간의 흐름을 거스르지 않으면서도 자신을 가꾸고 지켜 온 노력이 느껴졌다.

어른이 된다는 건 어떤 의미일까. 무엇이든 알아서 척척 해낼 수 있으면 어른이 된 걸까? 투정 부리고 우왕좌왕하는 사람은 어른이 아닌 걸까? 어른이 된다는 게 꼭 완벽한 사람이 된다는 의미는 아닐 것이다. 스무 살이 넘어 법적으로 성인이 되었어도 여전히 자주 흔들리고 쉽게 넘어진다. 내가 가야 할 길이 어딘지 갈피를 잡지 못하고 헤맨다.

자꾸만 등을 떠미는 세상에 스스로 돌아볼 새도 없이 앞만 보고 걸었다. 학력이 필요하니 학교에 다니고, 취업을 해야 하니 스펙을 쌓고. 세상이 비춰 준 길이 내 길이라고 생각하며 걸었다. 한참을 걷다 보니 어느 순간 등을 떠밀던 손도, 앞을 비추던 빛도 다 사라지고 홀로 덩그러니 서 있었다. 어떻게 여기까지 왔는지, 앞으로 어디를 향해 가야 할지 혼란스럽고 두려웠다. 온전히 내 몫으로 주어진 선택과 책임이라는 무게가 그제야 실감이 났다. 누구보다 나를 잘 안다고 자부했는데, 어쩐지 자신이 없었다. 내가 알고 있는 내가

뺄뻬떼 궁전의 아네모네 한 송이

정말 나일까 하는 의문이 들었다. 나를 둘러싼 연결고리들에서 벗어나 오롯이 나로 서 있기 위해 떠나기로 했다. 그렇게 떠난 유럽 배낭여행이었다. 다가오는 모든 게 새롭고 낯설었다. 보고 듣고 맡고 맛보고 느끼고. 몸이 받아들인 감각에 따라 느껴지는 감정에 충실했던 시간 속에 생각과 고민이 끼어들 틈은 없었다. 보고 느끼는 게 전부였던 40일은 10여 년이 지난 지금도 생생히 기억에 남아 있다. 발길이 지도가 되고 눈길에 이정표가 세워졌던 날들. 걷는 만큼 볼 수 있었고, 보는 만큼 느낄 수 있었다. 모든 건 내가 움직여야 가능했다.

세상의 손에, 세상이 비춘 빛에 떠밀려 온 것 같았지만 그 안에서도 분명 내가 해야 할 몫이 있었다. 아무리 등 떠밀고 빛을 비춰 줘도 내가 움직이지 않으면 아무 소용 없다. 혼자서 살아가는 게 아니기에 세상과 적당한 타협점을 찾되 나를 잃지 않고 나아갈 수 있다면 충분하다. 스스로 내는 빛이 커지면 세상이 비춰 주는 빛이 필요하지 않게 된다. 책임이 그만큼 무게를 키워 마음을 억누르기도 하지만 내가 선택한 삶이라는 해방감이 그 무게를 조금은 덜어 줄 것이다. 가장 중요한 건 나의 힘으로 내 삶을 꾸려 간다는 사실일 테니까.

동네 꽃집에서 빨간 아네모네 한 단을 샀다. 다듬을 것도 없이 그대로 꽃병에 꽂아 둔 지 일주일이 되었다. 색, 결, 모양, 향기, 질감, 모든 것이 빛을 간직하고 바람을 품으며 점점 더 깊어졌다. 검붉은 꽃잎도, 여유롭게 흘러내리는 수술과 흐트러지는 암술마저도 아름답다. 흐르는 세월을 자연스럽게 자신의 것으로 담아내던 벨베데레 궁전의 그녀처럼. 화려하게 피어나는 순간에도, 차분히 마르며 지는 순간에도 한결같이 우아한 그들처럼 시간이 흘러 많은 게 변해도 나로서 남아 있고 싶다.

작약아 소르베

꽃

Paeony

Paeonia lactiflora 'Sorbet'

(10)

학명	*Paeonia lactiflora 'Sorbet'*
생물학적 분류	*과: 작약과(Paeoniaceae)* *속: 작약속(Paeonia)*

가끔은 와르르 무너져도 괜찮아

오랜만에 경복궁을 걸었다. 이번이 세 번째 방문이다. 스무 살에 서울 구경한다며 처음 왔었고, 몇 년 전에 사촌과 함께 왔었다. 그리고 오늘. 경복궁은 올 때마다 느낌이 다르다. 처음엔 마냥 신기했었다. 교과서에서만 보던 경복궁을 실제로 보다니. 실감이 나지 않았다. 일단 경복궁의 웅장한 규모에 놀랐고, 넓은 공간을 가득 메운 인파에 두 번 놀랐다. 경복궁의 주요 포인트마다 사람들이 바글바글했다. 궁의 정취를 느낄 새도 없이 사람들에 떠밀려 제대로 보지도 못하고 나왔다. 두 번째 방문에도 여전히 사람은 많았지만, 전보다 여유를 가지고 천천히 둘러볼 수 있었다. 저마다 다른 서까래의 단청을 보느라 고개가 뻐근했다. 궁의 성격에 따라 단청의 색과 문양이 달랐다. 단청에서 그 궁이 가지고 있는 기운이 느껴졌다.

걷기 좋은 따뜻한 날에 평일이라 사람도 많지 않았다. 오늘은 경복궁의 어떤 모습이 눈에 들어올까. 광화문으로 들어서서 매표소에 가 입장권을 구매한 뒤 계단을 올라 홍례문으로 들어갔다. 신하들이 입궐하기 전에 마음을 씻고 액운을 걷어 낸 물이 흘렀던 자리 위로 영제교가 있다. 영제교를 건너는데 보랏빛 붓꽃이 눈에 확 들어왔다. 이곳에 이렇게 꽃이 피었었나 싶다. 멀리 시선을 던지니 잎이 무성한 앵두나무가 보였다. 앵두꽃과 함께했던 봄날이 새록새록 떠올랐다. 궁을 물들이는 연분홍 앵두꽃도 참 아름다웠겠다. 근정문을 지나는 순간엔 마음이 숙연해진다. 압도되는 기운에 고개가 절로 숙어진달까. 괜스레 옷매무새를 다듬게 된다. 근정전을 돌아서 초록빛을 찾아 들어선 곳은 연못 위에 한 송이 연꽃처럼 홀로 서 있는 경회루. 잔잔한 물결 위에 비치는 경회루와 그 곁을 감싸며 흐드러진 수양버들의 어울림이 한 폭의 그림 같다. 조금 더 눈에 담고 싶어 잠시 쉬어 갈

겸 근처 벤치에 앉았다. 마음을 차분히 가라앉히는 풍경을 하염없이 바라봤다. 조용하고 평화로운 공기가 흐르는 곳. 종일 있으라고 해도 있을 수 있겠다. 아니, 그럴 수만 있다면 그러고 싶었다.

멈추었던 걸음을 움직여 경복궁 안쪽으로 깊숙이 들어갔다. 도착한 곳은 건청궁. 별장같이 아기자기했다. '맑은 하늘'이라는 뜻 때문일까, 건청궁 정원의 꽃은 유독 선명하고 또렷해 보였다. 티 없이 깨끗한 순백의 은방울꽃, 매혹적인 분홍 해당화, 꽃이 지고 왕관을 쓴 꽃 중의 왕 모란. 보석 같은 꽃들이 반짝이고 있었다. 해당화가 한창이라 근처를 서성이며 사진을 찍고 돌아서는데 그 옆으로 세상 화려한 작약이 피어 있다. 엊그제 온라인 플라워 숍에서 봤던 겹작약. 심지어 꽃잎 색이 3층으로 나뉘어 있는 더블 소르베였다. 넓은 분홍 꽃잎 안에 자잘한 연노랑 꽃잎이 있고, 그 안에 다시 너울지는 분홍 꽃잎이 채워져 있었다. 그토록 풍성한 잎을 품느라 얼마나 애썼을까 싶다. 작약을 보면 안타깝고 애처로운 마음이 먼저 든다. 언젠가 작약이 지는 순간을 본 적이 있는데 꽃잎이 와르르 무너져 내리는 모습이 꼭 눈물을 떨구는 것처럼 보였던 것이다. 결혼식 부케로도 자주 사용할

가끔은 와르르 무너져도 괜찮아

만큼 아름다운 순간을 더 아름답게 밝혀 주는 꽃인데, 지는 순간은 마음이 찌릿할 민큼 처연하다. 활짝 핀 모습보다 지는 모습으로 더 여운을 주는 꽃이다.

소담히 피어 있는 작약을 보면서 한편으로는 눈물처럼 흘러내리는 꽃잎이 자신에게 보내는 위로일지도 모르겠다고 생각했다. 꽃을 품고 피워 내느라 고생했다고, 장하다고, 뜨겁게 안아 주는 것 같다. 혼자 있을 때조차 스스로 눈치를 보느라 속 시원히 울어 본 적 없는 내게는 생소하면서도 부러운 모습이다. 나는 감정을 드러내는 것보다 감추는 것에 익숙하다. 고된 하루를 보내고 겨우 잠자리에 누웠던 어느 밤, 마음 끝까지 차오른 감정을 흘려보내지 못하고 기어이 눈물을 삼키는 나를 보며 허탈한 웃음이 나왔다.

누군가에게 감정을 드러내고 눈물을 보이는 건 그만큼 상대를 편안하게 느낄 때 가능하다. 어떤 모습을 보여도 상대방이 받아 줄 것이라 믿기 때문이다. 그런데 다른 누구도 아닌 나에게조차 솔직하지 못한 게 참 아팠다. 내가 나를 불편하게 생각하고 믿지 못한다는 거니까. 그때부터 일부러 더 표현하려고 애썼다. 힘든 건 힘들다고, 어려운 건 어렵다고, 괜찮지 않은 건 괜찮지 않다고 말했다. 나보다 남을 배려하는 데 너무 많은 에너지를 쏟지 않으려 노력하고 있다. 나는 나를 지켜야 하니까. 그게 우선이니까. 여전히 우는 건 어렵지만 점점 나아질 것이다. 언젠간 나도 나를 위해 기꺼이 뜨거운 눈물을 흘릴 수 있겠지. 그게 기쁜 일이든 슬픈 일이든 상관없이 내 감정에 솔직하게.

Lotus Flower

Nelumbo nucifera Gaertn., 1788.

(11)

학명	*Nelumbo nucifera Gaertn., 1788.*
생물학적 분류	과: 연과 (*Nelumbonaceae*)
	속: 연속 (*Nelumbo*)

연이 채워 준 하루

볼일이 있어 외출했다가 집으로 돌아가는 길. 어쩐지 바로 집에 들어가기가 싫어 지도 앱을 켜고 별표 표시를 해 둔 곳을 뒤적거렸다. 언젠가 가야지 생각만 하던 장소 중 현재 위치에서 가장 가까운 곳을 찾았다. 가는 길을 확인해 보니 여기서 한 번에 가는 마을버스가 있다. 집에서 가려면 전철에서 버스로 갈아타거나 버스를 두 번 갈아타야 하는데, 한 번에 갈 수 있다니. 마치 오늘 이곳에 가라는 신의 계시처럼 느껴졌다. 햇볕을 맞으며 길 건너 버스 정류장으로 걸음을 옮겼다. 아침저녁으로는 선선한 바람이 불지만 한낮의 햇살은 아직 뜨거운 여름의 끝자락. 조금 늦은 것 같은데 기대하는 풍경을 볼 수 있을까? 한창 절정일 땐 버스가 꽉 찰 만큼 사람이 많았을 텐데, 버스 안에 손님은 나 혼자였다. 조마조마한 마음으로 열심히 달리는 버스를 괜히 재촉했다.

"이번 정류장은 우리 버스의 종점인 연꽃테마파크입니다."

버스에서 내리자마자 보이는 건 '연근 판매' '연잎 판매' 문구들이었다. 입구에 늘어선 비닐하우스마다 대문짝만한 현수막이 걸려 있었다. 뿌리를 판매할 시기면 꽃은 이미다 졌을까. 봄부터 체크를 해 놓고 미루고 미루다 결국 시기를 놓쳐 버렸나 싶어 한숨이 나왔다. 부풀었던 마음이 푹 꺼지는 느낌. 집으로 돌아갈까 하다가 이왕 온 거 한번 둘러보자고 마음을 다독이며 걸었다.

우산처럼 넓고 커다란 연잎은 바싹 마르고 색이 바랬다. 여름의 햇살과 공기를 가득 받아 무거운 걸까. 해를 등지고 땅으로 고꾸라질 듯 구부러졌다. 맑은 초록이 떠난 자리를 노랑과 갈색이 조금씩 채워 가고 있었다. 둥글고 보드랍던 잎끝이 뾰족해지고 거칠어졌다. 쓰러져 가는 연잎과 까맣게 타들어 간 연밥이 만들어 낸 풍경을 물끄러미 바라보았다. 스산하게 느껴질 법도 한데 전혀 그렇지 않았다. 단순한 색과 결에 마음이 차분해졌다. 하늘의 색을 받아 푸르고 생기 넘치던 때와는 다른 느낌이었다. 땅의 색과 결을 흡수하며 천천히 흙으로 돌아갈 준비를 하는 듯했다. 모든 식물은 자기만의 시간을 품고 있지만, 생을 마감할 때 그 시간이 조금 더 극적으로 느껴지는 것 같다. 갈라지고 찢어진 이파리와 색이 바래 가는 연밥을 보고 있자니 어쩐지 기록하고 싶은 욕구가 솟구쳤다. 우선 마음을 담아 정성껏 사진으로 남겼다. 아껴 두었다가 찬찬히 시간을 가지고 그려야지.

연못과 연못 사이를 걸어 조금 더 깊이 들어갔다. 나만큼 키가 큰 연잎 덕분에 쭈그려 앉거나 까치발을 들지 않아도 편안하게 눈높이를 맞출 수 있었다. 제자리에 서서 한 바퀴 돌아봤다. 빙그르르 돌다가 어디에 멈춰 서도 연잎이 보였다. 연잎 속에 있으니 내가 연꽃이지! 낯 뜨거운 상상을 하면서 즐겁게 걸었다. 시기를 놓친 것 같다며 시무룩하던 얼굴은 어디로 갔을까. 파란 하늘을 담던 고요한 연못에 물결이 번졌다. 잔잔한 물결 사이사이로 햇살이 내려앉아 반짝

반짝 빛난다. 사랑하는 윤슬, 빛이 물 위에 그림을 그리는 시간. "아, 행복하다." 입 밖으로 행복이 설로 흘러나왔다.

윤슬이 깊은 물결 속으로 사그라드는 걸 보고 나서야 몸을 일으켰다. 으쌰, 이제 집에 가야지. 첫발 디뎠을 때의 실망감은 온데간데없고 오로지 행복감만 가득 찼다. 한 시간쯤 지났겠거니 했는데 어느새 세 시간이나 흘렀다. 그렇게 보고도 아쉬운 마음이 남는지 버스 정류장으로 가는 발걸음이 더뎠다. 연잎 한 장 한 장을 쓰다듬듯 바라보며 작별 인사를 나누는 순간, 뽀얀 달걀 모양의 꽃잎이 뿅 나타났다. 연분홍 연꽃이 선물처럼 피어 있었다. 마지막까지 완벽하게 채워 주네. 오늘 밤은 즐거운 기분으로 보낼 것 같다.

Trumpet Creeper

Campsis grandiflora (Thunb.) K. Schum., 1894.

BOTANICAL ART

12

학명	*Campsis grandiflora (Thunb.) K. Schum., 1894.*
생물학적 분류	과: 능소화과(Bignoniaceae) 속: 능소화속(Campsis)

일상을 아름답게 가꾸는 일

여름 사진첩에 상당한 지분을 가지고 있는 것이 능소화다. 오돌토돌 질감이 느껴지는 하얀 벽돌과 트럼펫 모양의 오렌지색 꽃, 진초록의 잎. 어쩐지 자두 맛 사탕이 떠오르는 상큼한 풍경. 벨르몽을 만난 이후로 여름 하면 떠오르는 모습이다. 해마다 손을 잡고 끌어다가 인생사진을 남겨 주는 사람들의 애정까지 물들어 있다. 여름 햇살을 잔뜩 품어 선명한 능소화는 볕이 길게 늘어서는 순간에 더 짙어진다. 그 빛깔이 고스란히 하늘로 번져 가곤 했다. 여름의 시작부터 끝까지 끊임없이 피고 지며 계절의 한 페이지를 채운다.

어디를 가고 무엇을 먹는지보다 그 자리에 누구와 함께 있는지가 중요한 사람이라 공간에 큰 의미를 두지 않았다. 그런데 종종 사람만큼이나 공간에 정이 든 것 같은 느낌이 들 때가 있다. 요즘 부쩍 그런 기분이 들어 공간이 주는 힘이 무얼까 생각해 보는데, 아마도 틈을 내어 주는 것이 아닐까 싶다. 마음이 머물 수 있는 틈. 꼭꼭 잠가 둔 마음속 꼭지에서 물이 한 방울 한 방울 떨어질 때가 있다. 조금이라도 새어 나갈까 봐 있는 힘껏 오른쪽으로 돌려놓곤 했는데, 기어이 틈을 비집고 새어 나오는 한두 방울 소리를 들을 때면 한계에 도달했다는 걸 깨닫는다. 한바탕 쏟아 낼 때가 되었다. 그럴 때면 늘 그림을 찾았다. 그림을 볼 수 있는 곳이든, 그림을 그릴 수 있는 곳이든. 그렇게 만난 곳이 벨르몽이다.

Belle Mont, 아름다운 산 아래 꽃과 그림의 집. '나는 내 꿈속에서 살고 싶어'라는 문구가 적힌 투명 유리문을 열고 들어가니 정말 내가 꿈꾸던 세상이 펼쳐졌다. 향긋한 꽃 내음이 먼저 후각을 깨우고 따스한 공기가 촉각을 두드린다. 자리에 앉아 멀리 시선을 던지면 잊고 있던 계절이 눈앞에 다가와 있었다. 여름이구나. 싱그러운 초록색 옷을 입은 산봉우리가 손을 흔들었다. 어색하지만 입꼬리를 끌어올려 최

do you like plants?

일상을 아름답게 가꾸는 일

대한 자연스럽게 웃었다. 네 곁에 사는 게 심심해서 뛰쳐나온 나를 미워하지도 않고 여전히 반겨 주는구나. 안심이 되었다. 그를 하얀 종이에 담는다. 오랜만에 꼭지를 신나게 왼쪽으로 돌린다. 붓을 잡은 손끝을 따라 흘려보낸다. 번져 가는 물감에 마음이 스며든다.

산과 마주 보는 사이로 개울이 흐르는 이곳에는 능선처럼 부드럽고 물결같이 유연한 사람들이 모인다. 함께 아름다운 순간을 눈으로, 손으로, 마음으로 담는다. '사람들은 다른 사람의 열정에 끌리게 되어 있어. 자신이 잊은 걸 상기시켜 주니까.' 영화 「라라랜드」의 대사처럼 매주 만나는 이들의 눈빛에는 일상을 아름답게 만들려는 열렬한 마음이 가득 차 있다. 일상 속 행복은 저절로 이루어지는 것이 아니라 날마다 반복되는 생활을 어떻게 가꾸느냐에 달려 있다는 걸 그들을 통해 배웠다. 그림을 그리기 위해 모였지만 우리의 시선은 하얀 종이에만 머물지 않는다. 공간을 채우는 빛의 움직임을 따라 눈길을 옮기고, 초록이 눈에 아른거리면 주저 없이 산책길을 나선다. 때마다 다르게 피어나는 풍경을 마음껏 예뻐하고 행복을 소리 내 말한다. 자연과 어우러진 서로의 모습을 애정 어린 시선으로 담아 기꺼이 내어 준다. 덕분에 휴대폰 속 사진첩에는 어느새 계절이 켜켜이 쌓여 있다.

　　　하얀 담벼락을 따라 흘러내리는 능소화에는 다양한
색이 들어 있다. 다홍, 주황, 빨강, 연두, 초록, 크림색, 갈색, 남
색, 회색. 마치 해 질 녘의 여름 하늘처럼 오묘한 빛깔을 뿜
어낸다. 어떤 색도 자기만 뽐내지 않고 곁에 있는 색과 어우
러져 한 송이의 능소화를, 한 폭의 하늘을 함께 채운다. 풍경
을 바라보는 우리의 얼굴에도 황홀한 색감이 그대로 물든다.
양손을 들고 엄지와 검지만 뻗어 나만의 뷰파인더를 만든다.
조용히 찰칵. 서로가 서로를 아름답게 비추던 여름날을 마
음에 저장한다. 언제든 꺼내 볼 수 있게.

노랑꽃창포

꽃

Yellow Iris

Iris pseudacorus L., 1753.

13

학명	*Iris pseudacorus L., 1753.*
생물학적 분류	과: 붓꽃과(Iridaceae) 속: 붓꽃속(Iris)

do you like plants?

나의 첫 식물 스폿

나의 첫 식물 스폿

처음부터 그리고 싶은 식물을 바로 그릴 수 있었던 건 아니
다. 먼저 모작을 하며 식물을 이해하고 표현하는 방법에 대
해서 배웠다. 유명한 작가들의 작품을 따라 그리며 보태니컬
아트라는 장르를 습득하는 시간을 가졌다. 보태니컬 아트를
시작할 때는 직장에 다니고 있었기 때문에 2주에 한 번, 토
요일에 두 시간씩 그림을 그렸다. 그리는 속도가 아주 느린
편이어서 몇 달을 보내야 작품 하나가 완성되곤 했다. 그렇게
몇 작품이 쌓인 후에야 비로소 직접 찍은 사진을 보고 그리
는 창작 작품을 시작할 수 있었다.

식물을 해치지 않으면서 성장에 방해되지 않게 채집하기가 어려워 그리고픈 식물은 최대한 자세히 사진으로 담는다. 식물의 보존과 연구를 위해 오랜 시간을 쌓아 온 분들의 손길이라면 모를까, 그림으로 기록하겠다는 이유로 멀쩡한 아이들을 데려오는 건 내키지 않는다. 무엇보다 식물은 자연의 흐름 속에 함께일 때 가장 빛나니까. 그 순간을 사진으로 담아 그리는 것만으로도 충분히 의미가 있다. 식물을 사진으로 정확하게 담기 위해서는 시선을 동등하게 맞추고 지면과 평행을 이루는 위치를 찾아야 한다. 자연스럽게 자세를 낮추고 몸을 구부리게 된다. 식물 주변을 한 바퀴 돌며 정면, 측면, 윗면 등 다양한 각도에서 사진을 찍는다. 나중에 그림을 그릴 때 사진만 보고도 식물의 모습을 이해할 수 있게끔. 필요하면 그 자리에서 간단하게 크로키를 하기도 한다. 식물의 형태를 오래 기억하는 데 도움이 된다. 마음에 드는 식물을 발견할 때마다 틈틈이 사진을 찍으며 장소를 함께 기억해 둔다. 거리의 식물은 때마다 바뀔 수 있지만 공원이나 수목원, 식물원에서 만난 식물은 오래도록 자리를 지키는 경우가 많기에 기억해 두려고 한다. 나만의 식물 스폿으로.

나의 제1 식물 스폿은 노랑꽃창포 맛집, 선유도 공원

식물을 해치지 않으면서 성장에 방해되지 않게 채집하기가 어려워 그리고픈 식물은 최대한 자세히 사진으로 담는다.

이다. 창작 작품을 시작할 무렵 야외 수업으로 찾았던 이곳에서 노랑꽃창포를 처음 만났다. 초록이 고개를 들기 시작하는 늦은 봄, 공원에 살포시 숨어 있던 노랑꽃창포. 하늘에 닿을 듯 쭉쭉 뻗은 잎 사이를 뚫고 나오는 밝은 노란빛에 이끌려 한참을 들여다봤더랬다.

한낮의 햇살이 점점 뜨거워질 즈음, 노랑꽃창포를 보러 다녀왔다. 공원 입구를 지나 유리온실 앞쪽에 나 있는 데크 길을 따라 걸으면 수질정화원이 나온다. 그곳에 들어서면 여기저기 노란빛이 팡팡 터진다. 데크가 높은 편이라 자세히 보지 않으면 수풀 사이의 노랑꽃창포를 놓칠 수 있다. 하지만 아쉬워할 필요 없다. 수생식물원으로 가는 길과 '시간의 정원'에 들어서는 길에서도 만날 수 있으니까. 마치 보물찾기 하듯이 숨어 있는 노랑꽃창포를 찾아 공원을 누빈다. 하이라이트는 수생식물원이지만 시기가 조금 지나서인지 처음 만났던 그때의 노란 물결은 볼 수 없었다.

노랑꽃창포는 이름 그대로 노란색 꽃을 피우는 창포다. 식물 이름에 '꽃'이 들어가면 '화려하다'는 의미가 포함되는 것 같다. 노랑꽃창포 역시 꽃의 색과 결이 진해 화려하다.

노란 주름지에 누군가 낙서를 해 놓은 것처럼 검은색 지그재 그 무늬가 인상적이다. 꽃잎이 여리게 보이지만 한 올 한 올 선명하게 잡힌 결의 기운에 절대 가볍지 않다. 무엇보다 도르르 말려 시들어 가는 모습을 꼭 담고 싶었다. 만개했을 때 찬란한 색과 자태를 자랑하다가 지는 순간에는 깔끔하고 고고한 꽃. 도도한 깍쟁이 같은 느낌이다. 꽃잎 하나도 내어 주지 않고 모두 자신의 것으로 거두어 간다. 여지를 남기지 않는 마지막 모습이 섭섭하면서도 그게 또 매력적이다. 활짝 피어나 가장 예쁠 때의 모습으로 기억되고 싶은 것일지 모른다는 생각이 들었다. 쭈글쭈글 쪼그라들어 초라해진 모습이 아닌 환하게 빛나던 고운 모습으로 남겨지고 싶은 게 아닐까. 하지만 한창 화려했던 때를 품고 꾸밈없이 수수하게 지는 마지막 순간이 오히려 그 어느 때보다 아름답다고 말해 주고 싶다. 꽃이 지는 순간도 이렇게 아름다울 수 있다는 걸 알려 줘서 고맙다는 말도.

봄과 여름 사이엔 어김없이 찾게 될 것 같다. 나의 첫 번째 식물 스폿. 노랑꽃창포의 여운이 짙게 물들어 있는 이곳, 이 자리를. 화려한 꽃의 소박한 마지막 여정을 함께 걷고 싶을 테니까.

Chinese Cabbage Flower

Brassica rapa subsp. pekinensis (Lour.) Hanelt

BOTANICAL ART

 14

학명	*Brassica rapa subsp, pekinensis (Lour,) Hanelt*
생물학적 분류	과: 십자화과(*Cruciferae*) 속: 배추속(*Brassica*)

내가 그리고 싶은 식물 그림

앞으로 어떤 그림을 그리고 싶은지 묻는 선생님의 질문에 목구멍이 콱 막힌 듯 대답을 할 수가 없었다. 앞으로? 어떤 그림? 머릿속에서 단어들이 제각각 둥둥 떠다녔다. 그러게. 나는 어떤 그림을 그리고 싶은 걸까.

　"작가로서 자기만의 콘셉트와 스타일을 가지는 건 아주 중요해."

　어떤 대답을 해야 할지 몰라 괜히 단어만 헤집고 있

는 나를 단박에 멈춰 세운 또 하나의 질문. 나의 콘셉트와 스타일은 무엇일까. 우물쭈물 입만 달싹거리다가 겨우 내뱉었다.

"식물의 다양한 순간을 담고 싶어요."

덧붙일 대답이 문장으로 정리되지는 않았지만, 한 장의 그림이 눈앞에 차르륵 펼쳐졌다. 구억배추의 꽃. 백수가 되고 처음 그렸던 그림이다. 무언가에 홀린 것처럼 배추꽃에 사로잡혀 당장 그려야겠다는 생각이 들었다. 하지만 이미 때는 늦어 배추꽃을 보려면 남해까지 가야 하는 상황. 서울 근교에 볼 수 있는 곳은 없는지 마지막으로 한 번만 더 찾아보자는 생각으로 블로그를 뒤적거렸는데 딱 한 곳이 나왔다. 오산의 자그마한 부동산이었다. 부동산을 운영하는 중개사께서 블로그에 올리신 사진에는 스티로폼 박스 안에서 노란 꽃대를 쭉 올린 배추가 자라고 있었다. 포스팅 시점이 일주일 전이기에 바로 댓글을 달았다. 흔쾌히 방문을 허락해 주셔서 바로 오산으로 달려갔다. 하여간 뭐 하나에 꽂히면 집요하게 파고든다니까.

유채꽃과 쌍둥이 같은 배추꽃은 꽃만 보면 유채꽃과 구분하기 힘들 정도로 비슷한데 잎을 보면 확연히 달랐다. 유채꽃의 잎은 좁고 길쭉한데 배추꽃의 잎은 그냥 딱 배추 잎. 넓고 큼직했다. 중개사님의 배려 덕분에 구억배추꽃을 실컷 관찰하고 촬영할 수 있었다. 배추꽃 그림은 생각보다 작업 기간이 길어져 이듬해 봄이 찾아올 즈음 완성했다. SNS에 그림을 올렸더니 다들 배추꽃이 이렇게 예쁜 줄 몰랐다는 반응이었다. 배추꽃을 그릴 때 나도 같은 생각을 했다. 배추꽃을 그리겠다고 마음먹은 순간부터 배추꽃을 찾아 나섰던 날의 풍경, 배추꽃을 그리면서 발견한 또 다른 아름다움과 뜻하지 않게 발생한 돌발 사고의 기억, 완성된 그림을 본 사람들의 반응까지. 배추꽃과 함께한 여정이 고스란히 작품에 담겨 있다. 수업을 마치고 집으로 돌아와 액자에 담긴 배추꽃을 찬찬히 살펴보는데, 어쩐지 선생님의 질문에 대한 힌트를 얻은 것만 같았다.

식물은 내게 가장 많은 영감을 주는 소재다. 싹을 틔우고, 줄기를 올리고, 이파리를 내고, 꽃을 피우고, 열매를 맺고, 마지막으로 지는 모습까지 모든 순간이 경이롭다. 그 순간에 깊숙이 들어가 관찰하고 기록한다. 잎채소로 익숙한 배

추의 또 다른 아름다움을 배추꽃에서 발견한 것처럼 식물의
다양한 모습을 오래도록 그림으로 담아낼 것이다.

내가 그리고 싶은 식물 그림

Cosmos

Cosmos bipinnatus Cav., 1791.

BOTANICAL ART

(15)

학명	*Cosmos bipinnatus Cav., 1791.*
생물학적 분류	과: 국화과(*Compositae*)
	속: 코스모스속(*Cosmos*)

잃어버린 계절

계절을 느끼는 방법엔 어떤 것이 있을까. 공기의 온도, 사람들의 옷차림, 방에 빛이 들어오는 시간, 밥상에 차려지는 음식, 식물이 물을 먹는 속도, 아파트 정원에 피는 꽃과 공원을 물들이는 잎들의 색깔. 되새겨 보니 일상 곳곳에서 계절을 느낄 수가 있다. 가장 편하게 계절을 느끼는 방법은 몸의 감각으로 온도를 받아들이는 것이다. 볼을 스치는 선선한 바람의 온도, 정수리를 뜨겁게 데우는 햇살의 온도, 코끝을 시리게 하는 공기의 온도. 하지만 사계절의 미묘한 차이를 느끼기엔 조금 부족하다. 그렇다면 옷차림은 어떨까. 밝고 가벼운

파스텔 톤의 셔츠와 카디건, 짧은 반팔과 반바지, 보송보송 포근한 니트, 생존 아이템 롱 패딩. 쓰면서도 고개가 갸우뚱한다. 누군가는 겨울에도 반팔과 반바지를 입고 한여름에도 에어컨 아래 카디건을 걸치기도 하니까. 밥상에 차려지는 음식은? 이거야말로 천차만별이 아닐까. 하우스 재배와 가공식품 덕에 제철 음식이라는 말이 무색할 정도로 밥상 위 계절이 뒤섞인 지 오래되었으니까.

아파트 정원에 피는 꽃과 공원을 물들이는 이파리의 색깔은 어떨까. 관심을 주지 않아서 그렇지 가장 민감하게 계절을 읽을 수 있는 방법일 것이다. 누구보다 먼저 계절의 변화를 느끼고, 달라지는 에너지를 색과 결, 모양으로 마구 뿜어내는 꽃과 풀과 나무들. 아무것도 하지 않은 채 그저 바라보기만 해도 알아서 계절의 변화를 보여 주니 얼마나 고마운 일인지. 계절마다 어떤 꽃이 피는지 하나하나 헤아리지 못해도 자연을 자꾸 찾다 보면 계절의 흐름을 세심하게 느낄 수 있다. 봄에는 꽃이 피고, 여름엔 잎을 내고, 가을엔 열매를 맺고, 겨울엔 낙엽이 지는, 누구나 알고 있지만 실제로는 그냥 스쳐 보내는 순간들. 꼭 시간을 내어 식물원이나 숲을 찾아가지 않아도 괜찮다. 일상 속에서 자연을 들여다볼 수 있는 곳은 많다. 우리 집 화단, 아파트 정원, 동네 공원이면 충분하다. 이것도 허락지 않는다면 매일 다니는 거리의 가로수 한 그루, 시멘트 사이를 뚫고 나오는 들꽃과 들풀 한 포기에서도 계절을 느낄 수 있다.

계절을 뚜렷하게 목격하고 싶다면 많은 식물을 보는 것보다 하나의 식물, 하나의 장소에서 일어나는 변화를 꾸준히 관찰하는 게 좋다. 일주일에 한 번 그림을 그리러 갈 때마다 같은 길을 걷는다. 매번 보는 풍경이 다를 게 뭐 있을까 싶지만 그 길에서 계절의 변화를 가장 크게 실감한다. 역에서 그림 그리는 곳까지는 걸어서 15분. 맨 처음 계절을 느끼게 하는 건 역을 나서는 순간의 공기와 바람이다. 따스했던 공기가 점점 끓어 뜨거워진다. 더위에 숨이 턱 막힐 때쯤 선선한 바람이 숨통을 틔우다가 금세 추위로 손끝 발끝이 시려 온다. 역을 지나 공원을 가로질러 걸으면 때마다 공원의 색이 달라진다. 크고 작은 꽃이 뿜어내는 빛깔에 온통 정신이 팔렸다가 곧 눈부신 초록 잎에 마음을 빼앗긴다. 풍성한 잎사귀로 동글동글해진 나무의 선을 감상하다 보면 어느새 하늘이 멀어지고 땅의 색은 짙어진다. 자기 몫을 다한 이파리들이 떨어지고 나면 뾰족한 가지만이 여백을 채운다. 매주

걸을 때마다 잔잔한 물결처럼 흐르던 변화가 어느 순간 큰
파도가 되어 풍경 전체를 바꾸어 놓는다.

가는 길에 지나는 초등학교 옆으로 동네에서 관리하
는 커다란 텃밭이 있다. 봄에는 유채꽃으로 가득했다. 늦봄
에 밭을 싹 갈아엎고는 또 다른 씨앗을 심은 모양이었다. 첫
주에는 까만 흙 위로 작은 새싹들이 올라왔다. 둘째 주에는
새싹이 키가 자라 줄기가 되었다. 셋째 주에는 줄기가 많아
지고 잎이 달리기 시작했다. 이후 몇 주간은 부지런히 줄기
를 키우고 잎도 갈라지면서 점점 성숙하고 단단해졌다. 여름
이 무르익을 때쯤 꽃봉오리가 여물기 시작하더니 지금은 살
랑살랑 코스모스가 고개를 흔든다. 오가는 길에서 계절의
커다란 변화를 느꼈다면, 이곳에서는 작지만 분명한 계절을
만날 수 있었다. 꽃이 지고 열매가 맺히면 텃밭에는 또 다른
계절이 펼쳐지겠지.

우리 삶은 계절과 무관하지도, 무관할 수도 없다. 그
런데도 계절을 느끼는 일이 어느 순간 특별한 의식처럼 되어
버린 것만 같다. 점점 더 계절에 무뎌지고 있다. 꽃 축제, 식
물 박람회에는 사람이 넘쳐나는데 집 근처의 들꽃과 들풀은

거들떠보지도 않는다. 공원을 가도 앞만 보며 걷고 뛰기 바쁘다. 관심을 두는 만큼 들여다보게 되고, 들여다보는 만큼 알게 된다. 돌아보면 발걸음이 닿는 곳곳에 자연이 늘 함께하고 있다. 잠시 걸음을 멈추어 눈에 담아 보자. 잃어버린 계절이 거기 숨어 있을 테니까.

Camellia

Camellia japonica L., 1753.

BOTANICAL ART

(16)

동백나무

학명	*Camellia japonica L., 1753.*
생물학적 분류	과: 차나무과 (*Theaceae*)
	속: 동백나무속 (*Camellia*)

do you like plants?

나의 고향은

나의 고향은

제주에 있는 2주 동안 처음 이틀과 마지막 이틀에만 겨우 햇
빛을 볼 수 있었다. 한겨울인데 장마처럼 우중충하거나 비가
오기를 반복했다. 마치 동남아의 우기처럼 제주는 날씨로 몸
살을 앓는 듯했다. 어쩌면 지구가 크게 몸부림치는 걸지도
모르겠다.

제주가 고향이라고 하면 다들 신기한 눈으로 쳐다봤
다. 제주도 사람은 처음 본다는 듯이. 아직도 충격적인 기억
이 있다. 초등학생 때 자매결연으로 연결된 인천의 어느 초

등학교 친구와 편지를 주고받았다. 그때 받은 편지에 이렇게 적혀 있었다. '제주도 사람들은 말 타고 다녀?' 응? 너야말로 어디 조선 시대에서 왔니? 물론 만난 적도 없는 아이에게 이렇게 답장을 할 수는 없어서, 너희와 똑같이 버스 타고 차 타고 다닌다고 친절하게 알려 주었다. 서울살이를 하면서 예전의 내가 품었던 서울에 대한 로망만큼 사람들이 제주도에 얼마나 큰 환상을 가졌는지 알게 되었다. 비행기를 한 번도 타 보지 못했다는 친구, 바다를 본 건 손에 꼽는다는 친구의 이야기를 들으면서 내게는 당연했던 일들이 누군가에게는 특별한 일이 될 수도 있다는 걸 알았다.

제주가 집이면 갈 때마다 여행하는 기분이겠다고 말하지만 그렇지는 않다. 말 그대로 집일 뿐이다. 어디에 있어도 전화 한 통이면 아빠가 데리러 올 수 있는 집, 엄마가 차려 준 밥을 먹을 수 있는 집. 제주에 있을 때는 육지에 있을 때보다 더 집 밖으로 나가지 않는다. 하루 정도 고향 친구들을 만나러 나가는 것을 빼면 정말로 집에만 있는다. 내려가기 전에는 가고 싶은 가게나 카페를 찾아 두었다가도 막상 집에 들어서면 귀찮아서 나가지 않게 된다. 더군다나 비가 오락가락하고 스산한 날에는 무조건 집콕이 철칙이다. 하지만 곧 서울로 돌아가야 하니 아쉬운 마음에 슬리퍼를 찍찍 끌며 산책을 나섰다.

이 동네가 익숙지 않다. 유년 시절부터 성인이 되고 나서까지 거의 20여 년을 한동네에서 살았다. 집에 내려간다고 생각하면 아직도 옛날에 살던 동네가 그려질 만큼 제주에서의 모든 기억이 여전히 그곳에 묻혀 있다. 그래서 새로운 동네와는 아직 서먹하다. 새로운 동네는 조용하고 아늑하다. 집마다 귤나무 한 그루와 자그마한 텃밭을 기본 옵션으로 두고 있다. 낮은 돌담 너머로는 넓은 양배추 밭과 콜라비 밭을 흔히 볼 수 있다. 차 소리, 사람의 말소리보다 새 지저귀는 소리, 풀벌레 우는 소리, 강아지 짖는 소리를 더 자주 들을 수 있다. (엄마의 격한 표현으로는 개미 새끼 하나 지나가는 소리 안 들린다고) 날씨가 맑은 날에는 밤하늘에 별도 참 잘 보인다.

제주에는 동백꽃으로 유명한 곳이 많지만 찾아다녀 보지는 않았다. 심지어 카멜리아힐도 여름에 갔었다. 수국마저도 뜨거운 햇볕에 타들어 가던 한여름이었다. 이번엔 내려가기 전부터 왠지 동백꽃을 보고 싶다고 생각했다. 동백 명

나의 고향은

소로 불리는 곳이 SNS 알고리즘을 따라 검색 피드에 주르륵 떴다. 한두 군데 찜해 놓긴 했지만 역시나 가지 않았다. 마침 우리 집 맞은편 돌담에 잔뜩 꽃봉오리를 터트리고 있었으니 갈 필요가 없었다. 구멍이 숭숭 뚫린 현무암 돌담 위로 매끄럽고 짙은 초록색 이파리가 앉았다. 우거진 잎사귀를 뚫고 나오는 강렬한 꽃잎과 샛노란 꽃밥. 간밤에 비가 와서 모든 색이 더욱더 선명하다. 진득하게 칠한 유화처럼 보였다.

빈틈없이 붉은 동백꽃을 마주하고 있으면 덩달아 볼이 빌그레해진다. 길거리도 사람들의 옷차림도 온통 무채색인 겨울에 마주하는 동백의 빨간색은 달고 시큼한 비타민 같다. 삶에 활기찬 기운을 불어넣는 고마운 녀석. 평소라면 이불 속에서 옴짝달싹하지 않고 뒹굴었을 텐데, 게으른 몸뚱이를 끌고 나온 보람이 있었다.

모두가 부러워하는 제주에서 어린 시절을 보냈다. 그때는 좋은 줄 몰랐다. 푸른 산이 주었던 기운, 바다가 주었던 감수성을 뒤늦게 발견했다. 그런 환경에서 자라지 않았다면 조금은 다른 생각과 감정을 가지고 살지 않았을까 싶다. 고향이 있다는 게, 그 고향이 제주라는 게 얼마나 감사한 일인지 깨닫는다. 바짝 긴장했던 몸을 편안하게 누일 수 있는 우리 집. 지친 마음에 잔뜩 생기를 불어넣어 주는 내 고향. 동백 비타민으로 마음 에너지 충전했으니 또 얼마간 힘차게 살아야겠다.

DO YOU LIKE PLANTS?

（0 2）

LEAF
잎

14

LEAVES

BOTANICAL ART

Shepherd's purse

Capsella bursa-pastoris (L.) Medik.

BOTANICAL ART

 17

냉이

학명	*Capsella bursa-pastoris (L.) Medik.*
생물학적 분류	과: 십자화과(Cruciferae) 속: 냉이속(Capsella)

당신에게 봄은 어떤 향인가요?

아이들을 동반하던 시절, 그들을 관찰하며 놀랐던 것 중 하나가 감각이었다. 특히 계절감, 날씨에 대한 감각은 무서울 정도로 예민했다.

　　"아나 쌤! 이제 바람에서 봄 냄새 나요!"
　　"오, 바람 냄새를 맡아?"
　　"계절마다 바람에서 나는 냄새가 다른데요?"

　　봄 향기에 흠뻑 취한 듯 분홍빛으로 물든 얼굴을 하

고서 아이는 어떻게 그걸 모를 수 있냐는 듯이 고개를 갸우 뚱하며 말했다. 바람에서 봄 냄새가 난다고? 바람의 향기로 계절을 느낄 수 있다고? 계절의 변화에 민감하지 않았던 나에게는 생소한 이야기였다. 봄이 오면 봄이 왔나 보다, 겨울이 오면 겨울이 왔나 보다 했지 바람에서 계절의 향을 맡아본 적이 있었나 싶다. 그 밤, 아이들을 재우고 흐드러지게 핀센터의 벚꽃 길을 걸어 나오는데, 흩날리는 벚꽃 잎을 따라아이의 말이 내 주위를 맴돌았다. 아이의 말을 한 잎 한 잎마음에 담다가 문득 사계절 중 가장 향으로 가득한 계절은봄이 아닐까 생각했다. 시시각각 피어나는 꽃뿐 아니라 얼어붙은 땅을 뚫고 올라오는 봄나물도 짙은 향기를 뿜어내니까.

일상 속 계절의 변화에는 무딘 편인데, 희한하게도 밥상에서는 새삼 민감하게 계절을 찾는다. 어릴 적 우리 가족의 유일한 외식 메뉴가 철판에 구워서 먹는 돼지갈비였을 만큼 엄마의 정성 어린 제철 밥상을 꼬박꼬박 먹었던 탓에 내입맛은 자연스럽게 계절을 좇고 있었다. 특히 봄에는 봄나물을 꼭 먹어야 한다는 약간의 강박감이 있다. 이때가 아니면먹을 수 없다는 조바심과 욕심 때문이다. 우리 집 된장찌개에 들어가는 채소는 매번 똑같았는데, 유독 봄에만 특별했다. 냉이와 달래가 잔뜩 들어간 된장찌개가 밥상 위에 올라오면 그제야 봄이 왔음을 실감했다.

냉이의 향을 맡으며 봄을 느낀다. 웅크리고 있던 모든 게 기지개를 켜는 계절, 녀석은 독특한 향으로 존재감을 드러낸다. 내가 느끼기에 봄나물 중에서도 냉이의 향이 가장 묵직하고 그윽하다. 날것 자체의 향을 맡을 때보다 데쳐서 먹거나 찌개로 끓였을 때 향이 더욱 짙다. 씹으면 씹을수록 향이 배어 나온다. 자유롭게 뻗은 뿌리와 잎에서 냉이가 뿜어내는 에너지를 느낄 수 있다. 햇볕이 닿을 수 있는 곳을 찾아 쭉쭉 뻗었을 잎과 세차게 부는 바람을 견디기 위해 흙과 돌멩이 사이를 헤맸을 뿌리. 주어진 환경에서 각자 최선을 다해 자란 냉이는 모양이 가지각색이다. 어떤 것은 햇볕 아래 있었는지 잎이 사방으로 활짝 펴져 있고, 어떤 것은 온몸으로 바람을 맞았는지 잎이 한껏 움츠려 있다. 하나하나 들여다보며 냉이의 겨울을 상상해 보는 게 재밌다.

사계절 중에 겨울을 가장 힘들어하는 내게 냉이에서 엿보는 겨울은 그저 경이롭다. 집 밖은커녕 이불 밖으로 나가는 것조차 싫어 한껏 수그러드는 나와 다르게 모진 추위

당신에게 봄은 어떤 향인가요?

와 바람을 견디고 결국은 자신을 키워 냈다. 그 잎과 뿌리에 스며들었을 기운은 얼마나 크고 단단할지. 겨우내 너 대신 내가 이만큼 에너지를 모아 두었으니 이제 그만 햇살 아래로 나오라는 듯 내미는 냉이의 손을 덥석 잡는다. 고마워, 나의 봄.

Scindapsus

Epipremnum aureum

BOTANICAL ART

(18)

학명	*Epipremnum aureum*
생물학적 분류	과: 천남성과(Araceae)
	속: 스킨답서스속(Scindapsus)

마음을 다하면 생명은 자란다

아직은 식물화가라고 말하는 게 쑥스럽다. 식물을 그린다고 하면 식물에 대해서 잘 알고 있고, 많이 알고 있을 거라고 생각할 텐데 그렇지 못해서. 식물과 관련된 질문을 받을까 봐 마음이 움츠러든다. 식물을 그림으로 기록하는 삶을 살겠다고 마음먹고부터는 시간을 내어 식물을 만나고 배우러 다닌다. 뚜렷한 수입이 없어서 큰 비용이 드는 수업은 부담스럽지만, 찾아보면 저렴한 비용으로 식물을 배울 수 있는 곳이 많다. 수목원이나 식물원에서 운영하는 정규 교육 프로그램도 있고, 식물 관련 행사가 진행될 때 이벤트처럼 하루 열리는 수업도 있다. 계절마다 피어나는 꽃을 소개해 주는 계절 꽃 프로젝트에서 마침 플로럴 콘서트를 진행한다기에 다녀왔다. 진행자의 식물 이야기를 듣고 함께 분갈이를 해 보는 시간이었다. 오늘의 식물은 스킨답서스.

스킨답서스는 식물을 처음 키우는 초보 집사에게 제격인 식물이다. 웬만해서는 죽지 않고 관리하기 까다롭지 않기 때문이다. 햇빛이 많이 필요하지 않아 어디서나 잘 자라고 실내에서도 키우기 좋다. 생명력이 강해서 꽃잎이 타들어 가도 살아나고 뿌리를 정리해도 앓는 법이 없다고. 환경 적응력이 뛰어나고 해충에도 강하다. 그야말로 천하무적 스킨답서스! 나만 잘하면 되겠다는 생각이 들었다. 이렇게나 튼튼한 녀석을 무지개다리 건너게 둘 수는 없지. 플라스틱 포트 화분에 담긴 스킨답서스를 토분으로 옮겨 주었다. 미관상의 이유도 있지만, 분갈이의 가장 큰 목적은 식물이 건강하게 자랄 수 있는 환경을 만들어 주는 것이다. 영양 성분이 함유된 흙으로 갈아 주고, 뿌리에 숨 쉴 공간을 두어 식물의 성장을 돕는다. 흙으로 만든 토분은 통풍이 잘되어서 물을 좋아하지 않거나 수분이 적당히 필요한 화분에 적합하다.

1. 화분의 물구멍 위에 깔망을 얹고 배수가 잘되도록 화산석을 깐다.

2. 스킨답서스를 기존 화분에서 분리한다. 한 손으로 식물을 감싸 잡은 뒤 화분을 엎어서 주무르면 쉽게 빠진다. 분리한 식물은 다치지 않을 정도로만 뿌리를 가볍게 털어 준다. 스킨답서스의 경우 뿌리가 너무 크면 잘라도 된다.

3. 새로운 화분에 식물을 넣어 높이를 맞춘다. 이때 화분의 물 선을 넘기지 않도록 주의해야 한다. 그렇지 않으면 화분에 물을 줄 때마다 물과 흙이 넘치게 된다.

4. 식물의 위치를 잡은 상태에서 화분을 돌려 가며 사방으로 흙을 채운다. 화분 바닥과 옆면을 손바닥으로 탁탁 두드리면 자연스레 빈 곳에 흙이 채워진다. 절대 흙을 꾹꾹 누르지 말 것. 뿌리가 숨을 쉬지 못한다.

5. 분갈이 후 첫 번째 물 주기가 매우 중요하다. 흙에 수분이 충분한 상태가 아니기 때문에 흙이 물을 머금을 수 있도록 천천히 여러 차례에 나누어 물을 주어야 한다.

6. 화분 밑으로 물이 졸졸 흐를 정도로 물을 주고, 10~20분 후 화분 받침의 물을 덜어 내 마무리한다.

새 옷을 입혀 놓으니 더 멋스러운 스킨답서스. 분갈

이는 단지 화분만 바꿔 주는 게 아니었다. 보기 좋은 화분을 가져다가 아무 흙이나 채우는 게 아니라 식물의 성향을 파악하고 그에 맞는 화분과 흙을 마련해 딱 맞는 환경을 만들어 주는 일이었다. 단순하게만 생각했던 과정에도 누군가는 애정을 담아 시간과 정성을 들이고 있었다. 어째서 나는 매번 식물을 죽이는 걸까, 내 식물은 왜 제대로 자라지 않는 거지, 한탄만 하는 사이에 누군가는 햇볕의 양을 확인하고, 바람의 방향을 살피고, 흙을 어루만지고 있었다.

생명을 다루는 일은 어렵다. 식물을 키우는 일도 마찬가지다. 하루에 몇 리터의 물을 주어야 하는지, 몇 시간 햇볕을 쏘여야 하는지 딱 잘라 말할 수 없다. 사람의 삶에 정해진 답이 없듯이 식물의 삶에도 똑떨어지는 답은 없다. 살아 숨 쉬는 생명이기에 당연하다. 사람도 식물도 살기 위해 끊임없이 움직인다. 시시각각으로 변하는 삶을 어찌 간단명료하게 설명할 수 있을까. 그 어떤 것도 정량화하고 수치화할 수 없다. 이처럼 삶에 정답은 없지만, 사람에게도 식물에게도 통하는 한 가지가 있다. 진심. 마음을 다해 정성껏 살피면 생명은 자란다. 애정과 관심을 막연한 생각에 가두지 말고 적극적으로 표현할 것. 믿고 기다려 줄 것. 자주 얼굴을 맞대고 호흡을 맞추다 보면 어느샌가 눈빛만 봐도 통하는 사이가 되어 있을 것이다.

스킨답서스는 무럭무럭 자라고 있다. 나의 식물 양육 방침은 '네 멋대로 자라라'다. 식물에 악영향을 끼치는 경우가 아니라면 그저 스스로 뻗어 가는 대로 내버려 두고 있다. 그런 나의 바람대로 정말 잘 자라고 있는 스킨답서스. 며칠 전부터 꼼지락거리던 새잎이 뿅 나왔다. 어서 오라고, 나오느라 고생했다고 칭찬해 주러 가야겠다.

Fauriei Rosebay

Rhododendron brachycarpum D.Don ex G.Don

BOTANICAL ART

19

* 117 *

학명	*Rhododendron brachycarpum D.Don ex G.Don*

생물학적 분류	과: *진달래과(Ericaceae)*
	속: *진달래속(Rhododendron)*

내가 지켜 줄게

집요한 구석이 있다. 무언가에 사로잡히면 질릴 때까지 푹 빠져 버린다. 음식에 꽂히면 며칠은 그 맛이 물릴 때까지 찾고, 음악에 꽂히면 한동안 한 곡 반복 재생에 파란불이 들어온다. 단순히 욕구를 채우기 위한 건 대개 며칠 만에 끝난다. 하지만 어떤 건 마음 깊숙이 자리 잡아 뿌리를 내고 싹을 틔운다.

그림에 대한 관심이 씨앗이 되어 보태니컬 아트라는 싹을 틔웠다. 식물을 그리면서 식물에 자주 눈길을 주고 손길을 건넸더니 식물이 마음 깊게 자리 잡았다. 싹을 틔운 마음은 다양한 식물을 만나고 담아내면서 무럭무럭 줄기로 자랐다. 마음이 깊어질수록 줄기가 굵어지고 단단해졌다. 식물을 키우고 싶다는 생각으로 가지가 뻗어 내 방에 식물을 들이게 되었다. 혼자이던 삶에 식물이라는 식구가 생기니 책임감이 따라왔다. 제때 끼니를 챙기고 틈틈이 상태를 살피며 함께 시간을 보내게 되었다. 문자로 이루어진 대화가 아니어도 우리만의 신호로 소통한다. 나의 손길과 녀석의 생기로. 나의 눈길과 녀석의 빛깔로. 사람과 함께하는 시간보다 식물과 함께하는 시간이 늘었다. 어느새 어떻게 하면 이들과 함께 오래오래 살아갈 수 있을까 고민하게 되었고, 커진 마음은 자연과 환경에 대한 관심으로 가지를 뻗었다.

> "할 수 있는 일을 할 수 있을 때, 그냥 하는 거죠. 엉망진창이 되더라도. 세상을 바꾸진 못하겠지만, 파티마의 삶은 바뀌겠죠. 그리고 그건 파티마에겐 세상이 바뀌는 일일 거예요. 그럼 됐죠, 뭐."

어느 드라마 속 여자 주인공의 대사. 어렵고 힘든 소녀의 삶을 어떻게든 도와주려는 여자 주인공에게 남자 주인공은 말한다. 그런다고 세상이 달라지진 않습니다. 그에 대한 답으로 여자주인공은 담담하게 자기의 소신을 말한다. 그녀의 모습과 그녀가 내뱉은 문장이 마음을 쿵 울렸다. 어차피 혼자만의 노력으로는 바뀌지 않을 세상인데 해봤자 무슨 의미가 있겠느냐며 흐트러뜨린 생각들이 다시금 모였다. 모두의 세상은 바꾸기 힘들지 몰라도 나의 세상은 바꿀 수 있다. 할 수 있는 작은 것부터 하나씩 바꿔 나가기 시작했다. 나와 식물이 함께 살아갈 수 있는 우리의 세상을 만들어 가는 데 시간과 비용을 쓰기 시작했다.

　　산과 들에 알록달록 꽃물이 들던 봄날, 강원도는 불꽃으로 산과 들이 타들어 갔다. 붉은 화염 속에 까맣게 사라지는 숲을 넋 놓고 바라만 봤다. 영상으로 보는데도 겁이 나고 속이 쓰렸다. 싱숭생숭한 마음에 우리 줄리아(페페로미아)만 쓰다듬었던 기억이 난다. 국가재난사태를 선포할 정도로 어마어마한 산불이었다. 산불이 할퀴고 간 자리는 처참했다. 한 줌의 생명력도 남지 않고 모두 재가 되어 바스러졌다. 제 모습을 되찾기까지 얼마나 많은 시간과 노력이 필요할까. 미약하지만 복구에 조금이나마 도움이 되었으면 하는 바람으로 후원금을 보냈다. 갑작스러운 산불로 순식간에 사라

져 버리기도 하지만, 잔잔히 번져 가는 불길에 조금씩 스러

져 가는 생명도 있다. 뜨거워진 지구를 견디지 못하고 떠나

는 것이다. 그들을 지키고 숲으로 돌려보내는 사람들을 알게

되었다. 그렇게 데려온 녀석이 만병초다. 나의 베란다 정원에

만병초를 입양하면 숲에 또 하나의 만병초가 심어진다.

만병초의 고향은 해발 1,000미터가 넘는 고산 지대

다. 백두산, 설악산, 태백산, 지리산, 울릉도의 정상에서 영하

30도의 추위를 이겨 내며 자라는 생명력 강한 상록수다. 하

지만 지구 온난화가 심해지면서 현재는 멸종 위기 식물로 지

정되어 있다. 산꼭대기에서 자라니 햇볕도 좋아하고 바람도

좋아한다. 볕이 강한 여름철에만 살짝 빛을 피해 반그늘에서

키우면 된다고 한다.

나의 만병초는 우리 집 식구 중에서 성장 속도가 가

장 느렸다. 조용히, 천천히, 자기만의 속도로 추운 겨울을 견

디고 완연한 봄에 새잎을 내었다. 형광 연둣빛의 여린 잎은

잎맥이 투명하게 보인다. 측맥을 따라 퍼져 가는 잎의 색감

이 예쁘다. 잎 하나에도 다양한 초록이 들어 있다. 새로 나

는 잎은 매번 느닷없이 쏙 올라와 깜찍하게 손을 흔든다. 한

잎을 내면 한 잎이 떨어진다. 과습과 건조의 문턱을 아슬아슬하게 넘나들며 간신히 녀석을 끌어안고 여름으로 왔다. 더 늦기 전에 그림으로 남겨야겠다 싶어서 사진을 찍고 바로 그리기 시작했다. 마치 기다렸다는 듯 그림을 완성하자마자 잎이 모두 녹아내렸다. 뿌리가 살아 있는 듯해 다른 화분으로 옮겨 심고 지켜봤지만 머지않아 뿌리 속까지 메말랐다. 티내지 않고 씩씩하게 자라는 동안 한 번 더 만져 주고 들여다볼걸. 떠나보내고 나니 아쉽고 미안한 마음이 밀려왔다. 그림으로 남은 녀석을 기억하며, 숲에 심긴 친구들은 부디 오래오래 우리와 함께할 수 있도록 내가 할 수 있는 일을 찾아야겠다. 내가 지켜볼게, 너와 우리의 세상을.

조병현

염

Butterbur

Petasites japonicus (Siebold & Zucc.) Maxim., 1866.

BOTANICAL ART

20

학명	*Petasites japonicus (Siebold & Zucc.) Maxim., 1866.*
생물학적 분류	과: 국화과(*Compositae*) 속: 머위속(*Petasites*)

자연이 주는 선물

무턱대고 머위 한 봉지를 장바구니에 넣었다. 가끔 이렇게 채소를 충동구매한다. 왠지 먹어야 할 것만 같은 의무감이 든다. 식품영양학을 전공한 덕분에 밥상을 차릴 때 나름 균형적으로 메뉴를 구성하는 편이다. 머릿속으로 식판을 그린 후 밥과 국을 먼저 놓고 세 가지 반찬을 올린다. 가운데 가장 큰 자리에는 단백질이 들어간 메인 반찬을 넣고, 양쪽으로는 각각 채소 반찬과 김치를 담는다. 채소 반찬 자리는 엄마가 보내 준 밑반찬이 차지할 때가 더 많지만, 나물이나 샐러드는 직접 만들어 먹는다.

그럼 다음으로 먹는 것에 관심이 많아서 종종 요리를 배우러 다녔다. 처음에는 먹고 싶은 맛을 탐구하느라 베이킹 수업을 주로 들었는데, 시간이 지나면서 먹어야 하는 맛을 찾기 시작했다. 입이 궁금한 음식 말고 몸이 필요로 하는 음식. 건강하게 먹는 법을 배우러 다녔다. 그렇게 만나게 된 것이 마크로비오틱이었다. 마크로비오틱은 자연의 흐름에 따라 삶을 가꾸는 생활 방식이다. 보통은 일물전체(一物全體), 즉 뿌리부터 껍질까지 통째로 먹는 식습관 정도로 알려져 있는데 그건 극히 일부분에 불과하다. 음양의 조화로 몸과 마음의 균형을 찾고, 신토불이를 기억하며 자연과 더불어 살아가는 방법을 찾는다. 우리 삶에서 가장 큰 부분을 차지하고 있는 식생활에서부터 변화를 시작할 뿐이다. 계절에 따라 우리 땅에서 나고 자라는 식재료를 몸이 편안하게 받아들일 수 있는 방식으로 다듬고 익히는 방법을 배웠다. 배운 걸 생활 속에 녹여 내기가 쉽지는 않지만, 틈틈이 기억하고 실천하려고 노력 중이다.

마크로비오틱 수업 중 '봄의 섭생' 시간에 만들어 먹었던 머위 무침이 생각났다. 머위의 향과 적당히 쌉싸름한 맛이 어우러져 무척 맛있게 먹었다. 그때의 기억을 더듬으며 봉지를 풀고 머위를 다듬었다. 포장된 걸 사 와서 걱정했는데 생각보다 상하거나 물러진 부분이 많지 않았다. 손바닥만 한 머위는 나물로 무치기에 딱 적당한 크기였다. 콩팥 모양의 머위 잎에는 불규칙한 톱니가 있다. 치아 모양 톱니라고 하는데, 뻥튀기를 아작 베어 물었을 때 치아 자국이 생기는 것처럼 머위 잎 가장자리에도 치아 모양이지만 다소 뾰족한 톱니가 있다. 어린잎이라 길고 얇은 잎자루도 함께 먹을 수 있을 것 같아 끝부분만 정리했다. 손질한 머위는 끓는 물에 데쳐서 물기를 살짝 제거하고 채반에 널어놓았다. 서늘한 자리에 한나절 두어 수분을 날렸다. 손으로 꾹꾹 힘주어 쥐어짜지 않고 자연 바람으로 잉여 수분을 제거하는 방법이다. 낮에 밑 작업을 해 두고는 저녁에 무쳐서 반찬으로 먹었다.

수업 이후로 처음 무쳐 본 머위. 조심스레 젓가락으로 집어 입에 넣었는데, 으아, 생각보다 쓴맛이 강했다. 무엇이 잘못되었을까 곰곰이 생각해 보지만 잘 모르겠다. 데치는 시간이 부족했을까? 데치고 물에 조금 담가 둘 걸 그랬나? 아니면 내 입이 써서 더 쓰게 느껴지나? 머위 자체가 쓴 머위일까? 정답이 하나인 것도 같고 여러 개인 것도 같은 이상한 문제다. 정답을 찾지 못한 채 모두 가능성이 있는 걸로 일단 결론을 냈다.

　　예전의 나라면 어떻게든 쓴맛의 원인을 찾으려고 집요하게 파고들었을 텐데 이젠 그러지 않는다. 모든 문제가 반드시 하나의 정답을 갖고 있지는 않다는 걸 알게 되었으니까. 완벽해지고 싶고, 잘하고 싶어서 정답만을 쫓다가 놓쳐버린 것이 더 많았다. 이를테면 쓴맛의 원인에 집중한 나머지 쓴맛 자체를 느끼고 즐기는 걸 잊었달까. 이제는 내게 조금 더 이로운 쪽에 에너지를 쓰려고 한다. 지금은 머위의 쓴맛을 그대로 느끼는 데 집중하기로 했다.

　　쓴맛은 심장을 건강하게 해 준다고 한다. 동양의학에서 쓴맛은 심장으로 들어가서 심장을 보호하는 맛이다. 심장을 튼튼하게 하니 자연스레 몸 전체의 순환까지 돕는다. 신맛은 간으로, 단맛은 비장으로, 매운맛은 폐로, 짠맛은 신장으로 들어가서 작용한다. 가끔 입에 당기는 맛이 있을 때마다 지나가는 말로 '몸이 필요해서 원하는 거야'라고 했는데, 정말 그럴 수 있겠다는 생각이 든다. 맛과 몸은 연결되어있으니까. 다만 그 맛이 정말 내 몸이 필요로 하는 맛인지, 단순히 욕구를 채우기 위한 맛인지를 구분할 수 있어야겠다.

그래서 억지스럽지 않은 자연의 맛을 찾으려고 한다. 사람도 자연의 일부니까. 말 그대로 자연스럽게, 무언가를 더할 필요도 덜어 낼 필요도 없이 그저 계절을 즐기면 된다. 부지런히 움직여야 할 여름을 앞두고 심장을 튼튼하게 하는 머위를 내준 것처럼, 자연이 계절 맞춤으로 건네는 선물을 놓치지 말고 알뜰하게 챙기자.

Welsh Onion

Allium fistulosum L., 1753.

BOTANICAL ART

학명	*Allium fistulosum L., 1753.*
생물학적 분류	과: 백합과(Liliaceae) 속: 부추속(Allium)

빈틈없이 꽉 찬 대파의 줄기처럼

어릴 적 만화영화를 보면 엄마 캐릭터의 손에 들린 봉투에 꼭 담겨 있는 게 있었다. 바로 대파. 봉투 밖으로 길쭉하게 삐져나온 대파로 그 봉투가 장바구니라는 걸 알 수 있었다. 그 때문일까, 장을 보러 가서 대파를 사 들고 나오면 마치 내가 한 식구의 끼니를 책임지는 엄마가 된 듯한 기분이 들었다. 하지만 기분과는 별개로 마트에서 채소를 고를 때 가장 주저하게 되는 것 중 하나가 대파다. 어째서 대파는 한 줄기만 팔지 않는 걸까. 깔끔하게 세척되어 적당한 크기로 가지런히 플라스틱 케이스에 담긴 대파가 있지만 어쩐지 손이 가지 않는다. 대파 한 단을 손에 들고 진지하게 고민한다. 냉동실에 넣지 않은 싱싱한 대파를 며칠이나 먹을 수 있을까? 뿌리째 보관하면 조금 더 오래가지 않을까? 아니야, 그냥 세척 대파를 살까? 그건 좀 아쉬운데. 저울이 이쪽으로 기울었다 저쪽으로 기울었다 마음이 오락가락한다.

방 한 칸에 마련된 조그마한 냉장고에는 엄마의 냉장고만큼 식재료와 음식을 오래 넣어 두면 안 된다는 걸 몇 차례의 시행착오 끝에 알게 되었다. 냉장고에 보관한 김치가 발효 대신 부패가 될 수 있다는 걸 알게 된 후로는 냉장고에 음식을 쟁여 두지 않는다. 기껏 사 온 식재료를 모조리 쓰레기통 신세 지게 하지 않으려면 재료를 고를 때 신중할 수밖에 없다. 기나긴 고민 끝에 결국 대파 한 단을 덥석 집어 들고 빨간색 플라스틱 장바구니에 툭 넣는다. 한 줄기만 빼놓고 다 썰어서 냉동실 직행이다.

포장을 풀어 대파를 한 손에 잡고 다른 한 손으로 마른 끝을 우지끈 끊어 낸다. 한쪽에 펼쳐 두고 상한 겉잎을 다듬어서 다른 한쪽으로 분리한다. 스테인리스 볼에 물을 가득 담아 대파를 담고 하나씩 집어서 뿌리 사이사이를 솔로 살살살 문질러 닦아 낸다. 뿌리 세척이 끝나면 볼의 물을 새로 갈아 가며 흙이 다 빠질 때까지 헹군다. 깨끗해진 대파를 한 줄기만 숭덩숭덩 썰어 채반이 있는 밀폐용기에 담아 냉장실에 넣는다. 이번 주는 그나마 신선한 대파를 즐길 수 있겠다. 본격적인 작업은 이제부터 시작. 욕심부려 사 온 대파를 손질할 시간이다. 뿌리만 잘라 내고 몽땅 어슷썰기로 썬다. 어느 요리든 무난하게 사용할 수 있는 모양이니까. 햇대파는 양파만큼이나 매워 눈물을 쏙 뺀다. 이제 막 밭에서 뽑아 온 듯 방 안 가득 대파의 매운 향이 진동한다.

자취를 막 시작했을 무렵엔 싱크대에서 사부작거리는 게 꼭 소꿉놀이하는 것만 같았는데, 이제는 내 몫의 살림을 뚝딱뚝딱 무심히 해내는 모습이 퍽 대견스럽다. 켜켜이 쌓인 시간만큼 빈틈없이 꽉 찬 대파의 줄기처럼 나도 그렇게 자랐다. 집을 떠난 이후로 한 장 한 장 입혀진 시간이 세상물정 모르던 나를 홀로 의식주까지 해결할 수 있는 어엿한 한 사람으로 키워 냈다.

신선한 대파를 맛볼 수 있는 날, 오늘은 간단하게 된장국이다. 보글보글 된장국을 끓이는 마지막 단계에 송송 썬

대파를 휘리릭 두른다. 한소끔 끓어올라 대파의 매운 향이 은은해지면 불을 끈다. 신기하게도 대파를 넣은 된장국과 넣지 않은 된장국의 맛은 차이가 크다. 대파 하나로 풍미가 달라진다. 파무침 외에 대파가 주연인 순간은 거의 없다. 대부분의 요리에서 대파는 맛과 향을 풍요롭게 만드는 조연이다. 굳건한 심지만큼 제 몫을 톡톡히 해낸다. 물씬 풍기는 대파의 신선한 향을 느끼며 따끈한 된장국을 후루룩 들이켠다. 온몸으로 퍼지는 온기가 한 끼를 위해 분주하게 움직였던 하루를 포옥 감싸 안는다.

빈틈없이 꽉 찬 대파의 줄기처럼

Rosemary

Rosmarinus officinalis L., 1753.

BOTANICAL ART

22

학명	*Rosmarinus officinalis* L., 1753.
생물학적 분류	과: 꿀풀과(*Labiatae*) 속: 로즈마리속(*Rosmarinus*)

엄마의 텃밭

"언니네 화분은 어쩜 이렇게 잘 커?" 엄마의 지인은 물론이고 우리 집에 오는 손님마다 꼭 한 번씩은 칭찬한다. 화분을 어쩜 그렇게 잘 키우느냐며 다들 엄마의 화단을 부러워한다. 그러면 엄마는 "그냥 잘 자라던데?" 하며 세상 쿨한 반응을 보인다. 하지만 나는 알고 있다. 그냥이 진짜 그냥이 아니라는 걸.

엄마의 화분은 언제나 활기차고 늘 싱그러웠다. 부지런한 엄마는 아침 일찍 일어나 우리 가족의 식사 준비를 하고는 화단 식구들의 끼니까지 챙겼다. 계절 따라 날씨 따라 집 안에 들여놓아야 하는 식물과 바깥에 내놓아야 하는 식물을 구분해서 때마다 옮겨 주었다. 틈틈이 가지를 다듬어 주고 다정하게 말도 걸어 주었다. 복잡하고 어렵게만 느껴지는 여러 과정이 엄마에게는 몸에 밴 습관처럼 자연스러웠다.

내게는 엄마의 화단이 또 하나의 식물원이 되었다. 집에 내려갈 때마다 시간을 들여 구경하는데, 몇몇 오랜 터줏대감을 중심으로 계절마다 조금씩 새로운 아이들이 피고 진다. 진한 분홍색 꽃봉오리가 아리따운 게발선인장, 차분하고 은은한 색감이 근사한 용월, 다음 계절을 준비하며 한껏 웅크린 새우란, 가시도 잎도 뾰족한 알로에, 초등학생 때 환경 미화를 위해 학교에 들고 갔다가 다시 데려온 유리옵스는 나를 대신해 묵묵히 엄마의 옆자리를 지킨다. 이번에 내려갔더니 집 입구에 봉선화가 잔뜩 피어 있었다. 엄마에게 물어보니 씨앗을 사다가 심었다고 한다. 엄마가 키운 봉선화는 때깔부터가 다르다. 어찌나 키가 크고 줄기가 튼실한지 돌담과 어깨를 나란히 한다.

내 방에서는 시름시름 앓던 허브도 엄마의 화단에서

는 쑥쑥 자란다. 손바닥을 살짝만 가져다 대도 향기를 물씬 풍기는 로즈마리부터 오동통 물을 가득 머금은 장미허브, 꽃분홍 틴트 같은 핫립세이지까지. 손바닥만 한 일회용 화분에 담겨 있던 로즈마리가 자라서 가장 큰 사이즈의 플라스틱 화분을 가득 채우는 모습은 볼 때마다 감탄이 나온다. 역시 허브는 야생초구나 싶다. 자연 속에서 자라니 성장 속도가 어마어마하다. 살짝 까끌까끌한 잎을 만지작거리면 손바닥으로 향기가 끈끈하게 들러붙는다. 자기 몸을 보호하느라 촉감은 끈적하지만 향은 상쾌하고 가볍다.

이 집에 있는 화분은 대부분 엄마와 오랫동안 함께한 녀석들이다. 어릴 적부터 봐 왔던 식물을 엄마는 여전히 잘 키우고 있다. 관심이 없을 때는 식물을 몇 년씩 키우는 게 대단한 일인지 몰랐지만 지금은 대단한 걸 넘어서 존경스러운 마음이 든다. 엄마를 보면 식물과 교감하고 있다는 게 정말로 느껴진다. 화단에 물을 주는 엄마의 눈빛에서 꿀이 떨어진다. 식물 하나하나를 포근하게 안아 주는 것 같다.

나와 동생에게 그랬듯, 엄마는 식물도 자유롭게 자라도록 둔다. 뿌리내릴 자리를 마련해 주고 자라는 데 필요한 것을 아낌없이 지원하지만 그 외의 것은 우리의 몫으로 남겨두셨다. 물론 지켜야 할 원칙은 있다. 선택은 자유롭게, 책임은 무겁게. 원해서 시작한 일은 최소한 1년은 해 본 다음 관둘 수 있었다. 생각했던 것과 다르다 해도 어쩔 수 없었다. 죽이 되든 밥이 되든 1년은 버텨야 그만둘 수 있었다. 엄마는 식물에게도 어떻게든 1년은 살아야 한다고 책임감을 심어 준 것일까? 궁금하다. 어떻게 그렇게 오랫동안 잘 자랄 수 있었는지. 식물과 언어로 대화를 할 수 있다면 꼭 한번 물어보고 싶다. 우리 엄마 성격 장난 아니지? 공감 한마디와 함께.

Olive

Olea europaea L., 1753.

(23)

학명	*Olea europaea* L., 1753.
생물학적 분류	과: 물푸레나무과(Oleaceae) 속: 올리브나무속(Olea)

속 빈 강정

이상한 허영심이 생겼다. 그래, 식물 키우는 사람이라면 이 정도 식물은 들여야지! 아, 나도 저 식물 갖고 싶다! 분수에 넘치고 실속 없이 겉모습뿐인 마음. 딱 허영심이다. 알고리즘의 덫에 걸려 형형색색의 식물을 눈에 담기 시작하면서 고약한 심보가 싹트기 시작했다. 아침에 눈을 뜨면서부터 손바닥 속 식물 탐험이 시작된다. 그 속에는 묘한 흐름이 있다. 비슷한 녀석들이 자꾸만 눈에 들어오는 것이다. 누군가에 의해 조성된 것이 틀림없는 거대한 흐름 속에 여지없이 빠져들었다. 나도 모르는 새 저절로 손가락이 특정 식물을 쫓고 있었다. 처음으로 식물을 갖고 싶다는 마음이 들었다. 다름 아닌 올리브 나무를 갖고 싶었다.

다행히 일말의 양심이 남아 있었는지 무작정 들이지는 않았다. 언젠가 연이 닿겠거니 기다리면서 호시탐탐 기회를 살폈다. 그러다 애정하는 식물 스토어의 재고정리로 저렴한 가격에 올리브나무를 데려올 수 있는 이벤트가 열렸다. 운 좋게 공지가 올라온 직후에 읽게 되었다. 이건 운명이다, 지금이 기회야, 하며 후다닥 결제했다. 작은 포트 화분에 심긴 올리브나무는 가지가 브이 자로 곧게 뻗은 건강한 녀석이었다. 생각보다 나무가 커서 얼른 분갈이를 했다. 가지가 좌우로 넓게 뻗어 있어서 화분 크기를 고민하다가 가지를 아우를 만큼 넉넉한 것으로 마련했다. 초록색 슬릿 화분 속 짙은 녹색의 올리브. 잎사귀가 자그맣고 동글동글해서 귀엽다. 시원하게 자유로이 뻗은 가지는 위풍당당 멋스럽다. 지중해가 고향이니 따스한 햇볕을 좋아하겠다. 분갈이하고 물을 흠뻑 준 뒤 베란다에서 가장 햇살이 잘 드는 곳으로 자리를 잡아 주었다.

매일같이 올리브나무 곁에 쪼그려 앉아 상태를 살펴

고 먼지가 내려앉은 잎을 닦아 주었다. 반질반질 매끈한 잎의 촉감이 좋았다. 날씨가 따뜻해지자 가지 끝에 새잎이 달리면서 오래된 잎의 하엽이 시작됐다. 초록 가득했던 잎이 노란색, 갈색, 연두색으로 물들며 알록달록 다양한 빛으로 떨어진다. 새로운 잎을 위해 자신의 자리를 내주는 모양이다. 이미 클 대로 커서 온 녀석이지만 들여다보면 볼수록 매 순간 다르게 빛난다. 멈춘 듯 보여도 분주히 움직여 새잎을 내고 새 가지를 뻗는다. 고요한 시간 속에서 자기 할 일을 묵묵히 해냈다. 마치 지난날 나의 겉치레를 꾸짖듯.

화려하게 반짝이는 삶을 동경하며 하루하루 아등바등 살아 냈다. 남보다 뒤처질까 봐 전전긍긍하면서 눈에 보이는 것을 채우는 데 급급했다. 여전히 그 마음에서 자유롭지 못해 살아 있는 생명마저도 꾸역꾸역 욕심을 채우려 들었다. 그런 나에게 올리브나무는 조용히 일침을 가한다. 빛나는 초록빛을 품고 쭉 뻗은 튼튼한 가지를 내기까지 스스로 다지는 시간이 필요하다고. 네가 꿈꾸는 삶은 거저 얻어지는 게 아니라고. 보기 좋게 싸인 포장지를 걷어 내고 텅 빈 상자에 시선을 둔다. 시간을 내어 꼼꼼히 채워 나갈 것이다. 내실을 갖출 수 있게. 알록달록 포장지가 없어도 충분히 반짝일 수 있도록.

Green Bristlegrass

Setaria viridis (L.) P. Beauv., 1812.

BOTANICAL ART

학명	*Setaria viridis (L.) P. Beauv., 1812.*
생물학적 분류	과: 벼과(Gramineae)
	속: 강아지풀속(Setaria)

흔들려도 꺾이지 않게

운동을 시작했다. 살기 위해서. 아침에 일어나는데 목이 이상했다. 뻐근하고 힘이 들어가지지 않았다. 어기적어기적 몸을 옆으로 돌려 왼쪽 팔로 침대를 짚고 일어났다. 고개를 좌우로 돌려 봤다. 오른쪽으로 주욱. 잘 돌아가네. 자, 반대로. 으악. 전혀 움직일 수가 없었다. 왼쪽 귀 뒤에서부터 목선을 타고 어깨를 따라 찌르르 흐르는 통증에 몸서리를 쳤다. 어제 너무 무리했나 싶다. 마감이 코앞으로 다가오면 마음이 바빠진다. 나름 미리 준비한다고 서둘렀는데도 매번 마감 당일 새벽에서야 일이 마무리된다. 작업을 시작할 땐 분명 바른 자세였는데 한참 그림을 그리다 보면 어느새 그림에 코를 박고 있다. 그림 속으로 빨려 들어갈 듯 고개는 앞으로 나오고 어깨는 구부정한 데다 허리는 폴더처럼 접힌다. 오른손 끝에 온 신경이 집중되어 내 몸이 어떻게 구겨지고 있는지 모른다. 중간에 한 번씩 자세를 풀어 이완하는 시간을 주어야 하는데 지난밤에는 작업을 마치는 게 급해서 쉴 틈이 없었다.

내일이면 낫겠지 뭐. 처음 겪는 증상은 아니어서 대수롭지 않게 생각했다. 하루면 풀리곤 했던 뻐근함은 사흘이 지나도록 풀어지지 않았다. 예전 같지 않구나. 이제는 필히 운동해야겠다는 생각이 들었다. 그림을 오래 그리려면 그에 맞는 마음가짐뿐 아니라 몸가짐도 필요하다는 걸 몸에 빨간 불이 들어오고 나서야 알게 되었다. 때마침 집 근처에 필라테스 스튜디오가 오픈 이벤트를 하고 있길래 상담이랄 것도 없이 바로 등록했다.

똑같은 일상에 새로운 패턴을 업데이트하는 건 반복적인 노력과 시간이 필요한 일이다. 밤새 훅 떨어진 에너지를 겨우 끌어올려 세수를 하고 물 한잔 마시고 옷을 갈아입고

서는 바로 집을 나선다. 필라테스 스튜디오까지는 걸어서 10분. 빈틈없이 챙겨 나왔는데도 조금 빠듯하다. 아침 공기를 음미할 새도 없이 보폭을 넓힌다. 비몽사몽 도착해서 한 시간 운동을 하고 나오면 몸은 너덜너덜하지만 정신은 또렷해진다. 이미 에너지를 다 쏟은 것 같은데 운동으로 시작한 하루는 어느 때보다 생기가 돈다. 그렇게 몇 주간 숨차게 운동에 갔다가 한숨 돌리며 집으로 돌아오기를 반복했다.

운동이 삶의 일부분으로 들어온 지금은 운동을 다녀오는 길이 조금 여유로워졌다. 바람처럼 휙 스쳐 보냈던 풍경이 눈에 들어온다. 아파트 정문을 나서서 회전교차로를 지나면 심은 지 얼마 안 된 어린나무들이 지지대에 의지해 서 있다. 열심히 뿌리를 내리고 있겠지. 얇고 여린 가지 끝에 달린 이파리 몇 장이 애틋하다. 새로운 환경에 적응하기 위해 외로이 꿈틀거리고 있을 땅속의 시간을 응원해 본다.

나무와 나무 사이엔 이름 모를 들풀과 들꽃이 무성한데, 그중 유일하게 알아볼 수 있는 강아지풀이 살랑거린다. 비스듬히 기울어진 녀석들 앞에 잠시 쭈그려 앉아 가만히 쓰다듬는다. 너희도 아침은 힘든 거니? 보기보다 부들부

흔들리도 꺾이지 않게

들하지만은 않은 다소 뻣뻣한 촉감이 그런 걱정은 접어 두라는 듯 새치름하다. 얕은 바람에도 이리저리 휘청이지만 꺾이지 않고 꼿꼿하게 서 있는 강아지풀에게서 기운을 얻는다. 아직은 새벽빛이 섞여 푸르스름한 햇살을 함께 맞으며 하루를 시작한다. 굿 모닝!

Red Leaf Oxalis

Oxalis triangularis

BOTANICAL ART

(25)

학명	*Oxalis triangularis*
생물학적 분류	과: 괭이밥과(*Oxalidaceae*)
	속: 괭이밥속(*Oxalis*)

행복은 가까이에 있어

친구와 약속이 있어 서촌에 왔다. 서울 밖으로 나와 사니 이젠 정말 나들이하는 기분으로 서울에 가게 된다. 서해선 전철은 평일 낮에 배차 간격이 길어서 시간을 잘 확인해야 한다. 전철 시간에 맞추어 이동하는 시간을 계산해 보면 보통 약속 장소에 20~30분 일찍 도착하게 되거나 10~20분 늦게 된다. 늦는 것보다 일찍 도착하는 쪽이 마음 편하기에 부지런히 움직인다. 경복궁역에 도착하니 역시나 20분 일찍 도착했다. 친구는 10분 정도 늦을 것 같다고 해서

30분의 여유가 주어졌다.

　　1번 출구로 나와 쭉 걸어서 사직공원으로 간다. 서촌
도 예전과 비교하면 많이 번화해졌지만 사직공원 뒤쪽으로
는 아직 도란도란 소박한 느낌이 남아 있다. 공원으로 갈까
하다가 발걸음을 돌려 골목길로 들어섰다. 코끝을 자극하는
버터 향과 달그락달그락 커피콩 볶는 소리, 아기자기한 소품
들. 소소하지만 무뎌진 감각을 깨워 주는 풍경이다. 회색빛
건물 앞에는 작은 화분들이 나와 있었다. 햇볕이 들지 않던
예전 원룸이 생각났다. 어렵사리 얻은 허브를 어떻게든 살리
려고 빛을 찾아 건물 안팎을 떠돌았었다. 그 마음이 여기에
도 묻어 있네. 식물이 햇볕을 쪼일 수 있게 바깥으로 내놓았
을 화분 주인의 마음을 헤아려 본다.

　　가게 입구, 담벼락 사이, 대문 앞 등 골목 곳곳에서 마
실 나온 식물을 만날 수 있었다. 답답한 실내에서 벗어나 해
와 바람을 맞으며 이웃과 함께 따스한 봄날을 즐기고 있었
다. 바깥으로 나온 아이들을 보면 그들의 주인이 어떤 식물
취향을 가졌는지, 어떻게 식물을 돌보고 있는지를 가늠하게
된다. 다육 식물을 아끼는 듯한 식당 사장님, 주인의 꼼꼼한

행복은 가까이에 있어

손길이 느껴지는 기와집의 동글동글한 화분, 꽃집으로 착각할 정도로 다양한 화초를 키우는 부동산 사장님, 직접 키운 허브를 빵에 넣는 것인지 허브 화분이 줄지어 놓인 빵집. 손님 맞이하랴 가게 정돈하랴 바쁜 와중에 어떻게 식물까지 길러 내는 걸까. 식물 키우는 사람이 모이면 화두가 되곤 했던 '부동산과 미용실에는 왜 화분이 많을까'라는 질문이 새삼 떠올랐다. 함께 식물을 그리는 선생님들과 내린 결론은 식물이 주는 '힐링 모멘트'였다. 식물을 곁에 두면 바쁜 일상 속에서도 식물을 돌보며 한 템포 쉬어갈 수 있기 때문이다. 식물이 곧 나의 상태를 비추는 거울이 된다. 식물을 살피면서 나를 점검하게 된다.

붓과 종이를 파는 작은 공방을 지나치는데 울퉁불퉁한 세라믹 화분에서 보랏빛 나비들이 팔랑거렸다. 주위를 살필 새도 없이 무릎을 굽혀 시선을 낮추어 보니 사랑초다. 센터에서 근무할 때 한 친구가 손바닥만 한 화분에서 키웠던 적이 있어 바로 알아봤다. 그때 본 사랑초는 어린 풀이라 잎이 몇 개 없었는데, 눈앞의 녀석은 화분 하나를 온전히 차지했다. 그 안에 연둣빛의 작은 어린잎과 그보다 조금 더 큰 자주색 잎이 함께 있었다. 처음부터 자주색이 아니라 크면서 변하는구나. 완전히 자주색도 아니고 묘하게 보라색이 섞인 잎이 나비의 날개처럼 생겼다. 멀리서 보면 화분에 나비가 앉아 있는 것으로 착각할 만큼 똑 닮았다. 잎 사이로 가느다랗게 뻗어 나온 꽃자루에 어여쁜 꽃까지 피어 있으니 풍성한 이파리들이 꽃을 찾아든 나비처럼 보였다. 단 하나의 잎도, 단 하나의 꽃도 상한 데 없이 싱그러운 것이 얼마나 정성껏 돌보는지 짐작이 갔다. 주인은 아마도 자신을 돌보는 마음으로 녀석들을 보살피지 않았을까.

예전에는 어른들이 시간 내어 자연을 찾고 꽃과 나무를 기르며 매일 사진을 찍는 이유를 몰랐는데 이제는 잘 알겠다. 삶이 풍요로워진다. 무엇보다 하루하루 일상에 치여 정신없이 살 때는 잊고 있던 걸 자연 속에서 다시금 배우고 찾게 되는 것 같다. 행복은 멀리 있지 않다는 걸. 곁에 있어 쉽게 흘려보낸 것들 속에 행복이 숨어 있다는 걸.

Boston Ivy

Parthenocissus tricuspidata (Siebold & Zucc.) Planch., 1887.

학명	*Parthenocissus tricuspidata (Siebold & Zucc.) Planch., 1887.*
생물학적 분류	*과: 포도과(Vitaceae)*
	속: 담쟁이덩굴속(Parthenocissus)

나다운 길을 만들어 간다는 건

은색 철판 위로 초록빛 잎사귀들이 흔들린다. 실에 꿴 구슬처럼 가지런하게 가지에 달려 있다. 커다란 판 하나를 초록으로 가득 채웠는데도 부족한지 옆으로 계속 가지를 뻗는다. 얇고 가느다란 가지가 앞서 길을 만들면 작은 잎사귀들이 뒤를 따라가며 퐁당퐁당 발자국을 찍는다. 끊길 듯 끊기지 않는 가지에는 흡반이 달려 있다. 갈고리 모양의 덩굴손에 달린 흡반은 오징어나 문어의 빨판과 같아서 매끄러운 철판에 착 달라붙는다. 청진기 같은 흡반은 맥을 짚듯 앞으로 나아갈 방향을 세심하게 고른다. 이파리가 건널 돌다리를 자기가 먼저 하나하나 두드려 보고 건너간 후에야 이파리들에게 손짓한다.

어릴 적부터 선택은 항상 내 몫이었다. 피아노 학원을 계속 다닐지 말지, 수학 학습지를 끊을지 말지, 학교는 어느 곳으로 갈 것인지, 어떤 전공을 선택할 것인지. 단 한 번도 부모님이 결정을 내려 준 적 없었다. 심지어 선택지조차 주지 않았다. 덕분에 스스로 선택한 것을 끝까지 지키는 데 얼마나 무거운 책임이 따르는지 일찍 깨달았다. 선택에 대한 책임을 오롯이 내가 감당해야 한다는 걸 알게 된 후로는 후회 없는 선택을 해야 한다는 욕심이 생겼다. 시작부터 완벽해야 한다는 마음에 이것저것 재다가 때를 놓치기도 했다. 그런 순간을 맞닥뜨릴 때마다 너무 힘들고 괴로워서 누군가 길을 정해 줬으면 했다. 담쟁이의 덩굴손처럼 누군가 나의 길잡이가 되어 이끌어 주기를 바랐다. 만약 이 길이 최선이 아니라면 어쩌지, 결과가 안 좋으면 어떡하지, 점점 더 생각이 많아지고 주저했다. 무언가 시작하는 것 자체가 힘들었다. 시작한 후에 얻게 될 것보다 잃을 게 많을까 봐 걱정했다. 불확실한 미래도 두려웠지만, 스스로에 대한 의심이 나를 더욱 구석으로 몰았다.

나를 향한 의심을 확신으로 바꾸고 싶었다. 시간과 돈이 생기는 대로 검사를 받고 수업을 들으러 다녔다. 성격 유형, 직업적성, 진로심리 등 온갖 검사를 해 보고 진로 및 직업 상담, 퍼스널 브랜딩, 취업 컨설팅 등 자기계발 상담과 수업을 찾아다녔다. 하지만 아무리 검사를 받고 상담을 해도 명확해지지 않았다. 비슷한 결과만 계속 확인하게 될 뿐이었다. 결과지를 늘어놓고서 고민했다. 해 볼 건 다 해 본 것 같은데 뭐가 문제인 걸까. 돌고 돌아 질문은 다시 나를 향했다. 결과지 속 수치가 아닌 내가 바라보는 나의 모습을 적어 보았다. 지금까지 어떤 경험을 했는지, 그 경험을 통해 배우고 느낀 것은 무엇인지, 무엇을 할 때 가장 재미있는지, 힘들어했던 일은 어떤 것이었는지. 그리고 지난 시간 속에서 내가 중요하게 생각했던 가치는 무엇인지. 기억나는 건 모두 끄집어내 적었다. 한참 적고 나니 내가 어떤 사람인지, 무얼 좋아하고 싫어하는지, 무엇에 관심이 있는지 보였다. 내 삶을 이루는 키워드가 보이기 시작했다.

나다운 건 뭘까? 내게 가장 가치 있는 것은 무엇일까? 나는 어떤 삶을 살고 싶은 것일까? 해답이 내 안에 있다는 걸 알면서도 그것이 정답이라는 확신은 다른 데서 찾으

려 했다. 내 답이 틀리지 않았다는 걸 누군가로부터 확인받
고 싶었던 것 같다. 하지만 중요한 건 나의 믿음이었다. 내가
선택한 길이 정답이라는 믿음.

　　덩굴손이 만들어 가는 길을 이파리가 따라가는 것
처럼 보이지만 사실 담쟁이덩굴이 스스로 만들어 내는 길이
다. 스스로 길을 찾고 자신의 힘으로 이룬 것이나. 작은 움직
임이 더디게 느껴지더라도 자신을 믿고 나아갈 뿐이다. 매일
조금씩 만든 길이 거대한 철판을 초록빛으로 물들였다. 나
의 하루도 그렇게 차곡차곡 쌓여 견고한 길을 만들어 낼 거
라 믿는다. 손을 뻗어 방향을 짚고 걸음을 옮긴다. 몸이 움직
인 자리에 마음을 피운다. 마음이 착 달라붙을 수 있게 한
걸음 한 걸음 힘을 싣고 단단하게 걸어갈 것이다. 피워 낸 마
음이 넓고 푸르게 자랄 수 있도록.

Palmate Maple

Acer palmatum Thunb., 1784.

BOTANICAL ART

학명	*Acer palmatum Thunb., 1784.*
생물학적 분류	과: 단풍나무과(*Aceraceae*)
	속: 단풍나무속(*Acer*)

나는 지금 어느 계절에 서 있을까

휘이잉 휘이잉. 휴대폰 알람 대신 바람 소리에 잠이 깼다. 이
사를 오자마자 느꼈지만, 우리 동네는 내 고향 제주 못지않
게 바람이 많다. 뙤약볕 내리쬐는 한여름을 빼놓고는 현관문
이 들썩들썩 가만히 있지를 못한다. 나가야 하는데 심상치
않은 바람 소리에 몸이 움츠러들었다. 이불 속에서 일어날까
말까 백 번쯤 고민하다가 일정이 있기에 겨우 몸을 일으켰
다. 비몽사몽 준비하고 현관문을 여는데 맞바람 때문인지 평
소보다 힘이 더 들어갔다. 문밖으로 나오자마자 차가운 바람
이 온몸을 휘감고 머리카락은 사방으로 춤춘다. '아, 다시 들

어가고 싶어.' 집순이에게 이런 날씨는 정말이지 곤욕스럽다.

정신없이 시청에 도착해서 후다닥 볼일을 보고 나왔다. 얼른 집에 가고 싶은 마음에 종종거리며 발걸음을 재촉했다. 파워 워킹으로 주차장을 통과해서 정문으로 나와 횡단보도에 섰다. 여전히 바람은 온몸을 후려치고 머리카락은 엉킬 대로 엉켜 뭉텅이째 휘날린다. 넋이 나간 채로 바람과 맞서며 얼른 신호가 바뀌기를 기다렸다. 파란불이 들어오고 전철역으로 돌진하려는데 눈앞으로 낙엽이 쏟아져 내렸다. 별. 빛. 이 내린… 아니, 낙. 엽. 이 내린다. 샤랴랄라라랄라. 머리 위로는 빨갛고 노란 잎들이 떨어지고 발끝에선 폭신폭신한 낙엽이 밟혔다. 매서운 바람에 흩날리는 단풍잎과 은행잎. 아직 떨어질 때가 아닌데, 때 이른 바람에 나뭇가지와 조금 빠른 이별을 했다. 떨어지는 단풍잎을 따라 시선을 내리니 발등을 수북이 덮은 낙엽이 보였다. 진즉에 말라서 바스락거리는 단풍잎도 있고, 이제 막 노랗게 물들기 시작했는데 떨어져 버린 뽀송한 은행잎도 있다. 허리를 굽혀 손이 가는 대로 한 아름 주웠다. 가지에 붙은 잎을 뗄 수 없어 발꿈치 들고 손을 뻗어 곡예 하듯 사진을 찍곤 했는데, 바람 덕분에 횡재했다. 종일 정신없게 만들었지만 이걸로 용서가 되었다.

주운 낙엽들을 포개서 가방 안으로 살포시 넣었다. 이제 막 떨어진 아이들은 부드러워서 괜찮은데, 조금 마른 낙엽은 혹시나 바스러질까 봐 걱정이 됐다. 집으로 돌아오자마자 부리나케 접이식 테이블을 펼쳤다. 가방에서 낙엽을 꺼내 한 장 한 장 조심히 테이블 위에 놓았다. 하얀 테이블에 올리니 색과 모양이 조금 더 선명하게 보였다. 모양은 같은데 색은 어쩜 이렇게 다채로울까. 초록빛이 희미하게 남아 있는 어린 단풍잎부터 깊고 진한 붉은빛으로 물든 어른 단풍잎까지 모든 잎이 다른 색을 품고 있다.

유난히 아름답게 다가오는 단풍잎을 보며 생각했다. 초록의 잎이 빨갛게 노랗게 물드는 건 빛이 바래서가 아니라 빛을 머금어서 그런 게 아닐까. 색이 바래고 바싹 마른 낙엽은 그만큼 빛을 가득 품은 것이 아닐까. 푸릇한 봄, 반짝이는 여름을 지나며 빛을 모은 잎이 계절이 무르익고 나서야 숨겨둔 빛깔을 드러내는 것이다. 마치 자기 안에 빛이 충분히 모이기를 기다렸다는 듯이. 그렇다면 나는 지금 어느 계절에 서 있을까?

모두가 비슷한 삶을 그리는 것처럼 보이지만, 자세히

들여다보면 다들 자기만의 색을 칠하고 있다. 같은 모양이지만 조금씩 다른 색깔을 띠고 있는 단풍잎처럼. 다만 자신의 색이 온전히 드러나기까지 시간이 필요할 뿐이다. 각자 채우는 색이 다르기 때문에 속도는 중요하지 않다. 중요한 건 내 힘으로 나의 색깔을 만들어 가고 있다는 사실이다. 지금 겪는 모든 일이 나만의 색을 만들어 가는 하나하나의 과정이라고 생각한다. 내게 빛이 되어 주는 모든 순간이 귀하다. 그래서 사소한 일이라도 무시하는 마음 없이 최선을 다하려고 노력한다. 그 순간들이 빛으로 스며들어, 다가올 계절에는 오롯이 나만의 색으로 반짝일 거라 믿는다.

나는 지금 어느 계절에 서 있을까

Prickly Pear

Opuntia ficus-indica (L.) Mill., 1768.

BOTANICAL ART

(28)

학명	*Opuntia ficus-indica (L.) Mill., 1768.*
생물학적 분류	*과: 선인장과(Cactaceae)*
	속: 선인장속(Opuntia)

나의 여름 노트

"아나 쌤은 그림을 즐겁게 그리고 있는 것 같아요."

그런가? 투명한 물에 퍼지는 잉크 한 방울처럼 문장이 마음으로 톡 떨어졌다. 점점 번져 가는 마음을 들여다보느라 선생님의 말에 대꾸도 못 하고 생각에 잠겼다. 나, 즐겁게 그리고 있나? 스스로 물어보았지만 대답할 수 없었다.

퇴사하고 여행을 다녀온 뒤 오랜만에 간 보태니컬 아트 수업에서, 무슨 바람이 불었는지 선생님에게 충동적으로 말했다. 그림 그리는 삶을 살고 싶다고. 막연하게 생각만 했던 것을 입 밖으로 내뱉으니 급격히 현실로 다가와 두려워졌다. 안절부절못하는 마음을 선생님이 꼭 끌어안아 주셨다. 해 보자고, 함께 해 보자고. 그렇게 내디딘 첫걸음이 국립생물자원관에서 주최하는 자생동식물 공모전이었다. 과연 이 길에 뛰어들어도 괜찮을지 확인해 보고 싶었다. 소재 선정부터 스케치, 채색까지 총 두 달여의 시간이 걸렸다. 내가 선택한 소재는 손바닥선인장. 우리나라에서 자생하는 유일한 선인장이다. 흔히 백년초라고도 불린다. 어릴 적 뒤뜰에서 키우던 것이 생각나 그리게 되었다.

손바닥선인장의 다양한 모습을 담고자 자생지인 제주 월령리 선인장 군락으로 향하던 길, 근처 작은 농원에 손바닥선인장이 잔뜩 심긴 것을 발견했다. 사람도 없고 조용히 오랫동안 관찰할 수 있겠다 싶어 발걸음을 멈추었다. 전체적인 수형을 보면서 선인장이 어떤 식으로 뻗어 가며 성장하는지 살피고 사진을 찍었다. 그러고 나서 부분마다 달라지는 선인장의 모습을 들여다봤다. 시간의 흐름에 따라 말라 가고 단단해지는 모습, 이제 막 피어나 푸릇하고 생기 넘치는 모습, 꽃을 피운 모습, 열매를 맺은 모습. 잎인 줄 알았던 널찍

한 손바닥 부분이 줄기이고, 줄기에 달린 뾰족뾰족한 가시는 잎이 변형된 것이었다. 야외에서 자란 터라 줄기는 성한 데 없이 오돌토돌 딱지가 앉아 있었다. 모진 시간을 견디고 상처마저도 기쁘게 보듬은 모습 같았다. 처음 본 손바닥선인장의 꽃은 신기했다. 손가락처럼 달린 초록빛 열매 위로 꽃봉오리가 맺히고 꽃이 핀다. 꽃이 피기 직전엔 꽃잎의 색이 주황빛과 분홍빛이 섞여 오묘한 빛깔인데 점점 만개하면서 샛노란 꽃잎을 피워 낸다. 꽃이 지고 나면 열매만 남아서 점점 자줏빛으로 물든다.

하지만 관찰의 재미는 잠시뿐, 손바닥선인장을 그리는 동안 즐거운 순간보다 그렇지 않은 순간이 많았다. 단 하루도 마음에 들게 그린 날이 없었다. 하루의 할당량을 채우지 못하고 매일 찜찜한 마음으로 잠자리에 들었다. 가장 소중한 걸 손에 쥔 지금, 절대 놓쳐서는 안 된다는 조바심으로 자꾸만 손끝에 힘이 들어갔다. 좋아하니까 잘하고 싶은데, 색감도 터치도 디테일한 표현도 모든 게 마음에 들지 않는 것투성이였다. 이렇게 파고드는 걸 누가 알아줄까 생각이 들다가도 불쑥불쑥 스스로 몰아세우는 목소리가 끼어들었다.

유난히 손끝이 안 풀리고 답답했던 어느 날, 멍하니 그림을 바라보았다. 마감 날짜가 코앞인데 아무것도 하기가 싫었다. 차라리 부족한 잠이라도 잘 것을, 무슨 똥고집인지 그림 앞에 우두커니 앉아서 하룻밤을 꼴딱 샜다. 그림이고 마감이고 에라 모르겠다 하는 마음으로 다음 날 일부러 약속을 잡아 밖으로 나갔다. 잠깐의 외출이었지만 그 순간만큼은 그림 걱정을 떨칠 수 있었다. 집으로 돌아와 다시 그림 앞에 앉았다. 그런데 웬걸, 어젯밤 이리저리 헤매다 망쳤다고 생각한 부분이 멀쩡해 보였다. 어느 지점에서 고민했는지 헷갈릴 정도였다. 고민하느라 뜬눈으로 밤을 지새웠는데 어쩌면 그렇게 아무렇지도 않게 보이는지. 부분에 집착한 나머지 전체를 놓쳤던 것이다. 어이가 없어 허탈한 웃음이 나왔는데, 한편으로는 잃어버렸던 길을 찾은 것 같아 다행스러웠다.

그 이후로도 비슷한 날들이 이어졌다. 내 손이 내 맘대로 되지 않는 날들, 어떻게든 풀어내려 하는데 오히려 더 엉켜 버리는 순간이 시시때때로 찾아왔다. 매일 새벽 세 시까지 질질 끌다가 이게 최선이려니 마음을 달래며 잠들었다. 희한하게도 그런 밤이 지나고 다음 날이 오면 어제까지 끙끙 앓던 부분이 아물고 가뿐하게 그림이 그려졌다.

손바닥선인장은 제출기한 마지막 날 새벽에야 그림을
완성했다. 색연필 가루가 바탕에 남긴 흔적을 지우개로 깨끗
하게 지워 마무리했다. 결과와 상관없이 지난 두 달의 시간
이 앞으로 내게 단단한 밑거름이 되어 줄 거란 확신이 들었
다. 어릴 적 몸살감기로 며칠을 꼬박 앓고 나면 한 뼘씩 쑥
쑥 자랐던 것처럼 뜨거운 햇살 아래 긴 성장통을 겪은 것 같
았다. 살아온 시간을 온전히 품고 있던 손바닥선인장처럼 이
여름은 내 삶에 깊고 진한 흔적으로 새겨질 것이다.

선생님의 말씀을 떠올린다. 사람들이 내 그림을 보면
서 아름다움을 느껴야지 질려서는 안 된다는. 공모전을 마치
고 오랜만에 조금은 가벼운 마음으로 그림을 그리면서 그림
을 대하는 나의 태도와 감정에 대해 돌아봤다. 취미로 배우
는 것과 일로 하는 것은 다르기에 이전과 같은 즐거움은 분
명 줄어들었다. 각오했던 부분이기에 기꺼이 받아들였다. 다
만 이전과는 다른 기쁨을 찾아가고 있다. 좋아하는 이 일을
오래오래 하고 싶으니까.

Vicks Plant

Plectranthus tomentosa

BOTANICAL ART

(29)

학명	*Plectranthus tomentosa*
생물학적 분류	과: 꿀풀과(*Labiatae*)
	속: 방아풀속(*Plectranthus*)

이제부터 HAPPY END-ing

가끔 예전에 사용했던 SNS를 들어가 본다. 미니홈피로 시작해서 타임라인, 이전 블로그까지. 미니홈피는 더 이상 볼 수 없지만 타임라인과 블로그는 문득 떠오를 때 종종 둘러본다. 어차피 이제 나만 찾아볼 것인데도 괜히 부끄러워서 게시물을 꽁꽁 잠그기도 하고, 글과 사진을 보며 그 시절로 추억여행을 떠나기도 한다. 내가 쓴 글이고 내가 올린 사진인데 어쩌면 그렇게도 처음 보는 것 같은지 새삼 신기하고 재밌다. SNS 하나하나가 나의 한 시절을 고스란히 담고 있는 앨범이다. 미니홈피는 학창 시절, 타임라인은 대학 시절, 블로그는 취준생 이후의 시절을 담고 있다.

오랜만에 타임라인을 뒤적거리는데 반가운 사진 한 장을 발견했다. SNS를 통틀어서 유일하게 남아 있는 식물 사진이다. 날짜는 2012년 3월 8일. '우리 방을 촉촉하게 해 줄 새 식구'라는 짤막한 글과 함께 장미허브 사진을 올려 두었다. 얄팍한 플라스틱 화분에 오동통한 잎이 가득 들어찬 장미허브. 내가 키운 첫 식물이다. 스스로 화분을 산 기억은 없는데, 여기에도 녀석을 어떻게 데려오게 되었는지는 적어 두지 않았다. 배경을 보니 대학 시절 기숙사 생활을 할 때다. 물을 가득 머금은 싱그러운 잎이 메마른 기숙사 방에 조금이나마 수분을 충전해 주길 바랐던 모양이다.

2012년 12월 7일, 한 장뿐인 줄 알았던 식물 사진이 한참 뒤에 뿅 하고 한 장 더 나왔다. '게으른 주인 닮지 않고 한겨울에도 쑥쑥 잘 자라고 있습니다. 요 아이들의 근황을 궁금해하는 분들을 위해 ^^' 나만 보기 아까워 동네방네 자랑하고 싶었나 보다. 플라스틱 화분에서 초록색 세라믹 화분으로 분갈이도 해 주고, 옆에는 새로운 식구 아이비도 보인다. 한 계절을 함께하지 못하고 보낸 줄 알았는데 꽤 오랜 시간 같이 있었구나. 키는 조금씩 더 자랐지만 잎은 얇아지고 가지가 많이 줄어든 모습이다. 아마 그해 겨울을 나지 못했던 것 같다.

오래전 책 속에 고이고이 꽂아 둔 낙엽을 발견한 듯한 기분이었다. 과거의 나로부터 뜻밖의 선물을 받은 느낌. 식물을 그리기 전까지 식물에 대해 전혀 관심이 없었다고 생각했는데 아니었다. 식물과 함께한 첫 기억이 새드엔딩이었던 탓에 곁에 두기보다 바라보는 쪽을 택했던 것 같다. 식물을 키울 환경이 아니라는 핑계를 대면서 피하기만 했다. 중요한 건 그게 아닌데. 결말은 아쉽지만, 애정을 주고 보살폈던 시간을 두 장의 사진과 짧은 문장으로나마 읽을 수 있었다. 오랜만에 마주한 사진에서 아쉬운 마음보다 반가운 마음이 먼저 들었던 건 그 시간을 소중하게 바라볼 수 있게 되어서가 아닐까. 식물을 그리지 않았다면, 여전히 식물을 멀리했다면 속상한 마음이 컸을 것이다. 어쩌면 식물을 향한 마음이 무뎌져 무덤덤하게 지나쳐 버렸을지도. 새삼 식물을 그리고 기록하는 일을 선택한 것에 감사했다.

훗날 오늘 이 순간을 돌이켜 보고 있을 나를 위해 장

미허브를 그림으로 남긴다. 10여 년 만에 다시 쓰이는 장미허브와 나의 페이지. 이젠 더 이상 새드엔딩 아닌 해피엔딩이다.

Parallel Peperomia

Peperomia puteolata

BOTANICAL ART

(30)

학명	*Peperomia puteolata*
생물학적 분류	과: 후추과*(Piperaceae)* 속: 페페로미아속*(Peperomia)*

소중한 줄리아에게

줄리아, 우리가 처음 만난 날 기억해? 오늘에서 내일로 넘어가던 시간, 기름 냄새가 온몸을 휘감던 어느 전집이었어. 상상도 못 한 장소에서 뜻밖에 너를 만나게 되어 어찌나 당황스럽던지. 내색 안 하려고 애썼는데, 혹시 티 났어?

　　그날은 나의 첫 사회생활에 마침표를 찍는 날이었어. 그렇게 많은 사람 앞에서 운 건 처음이었을 거야. 통통 부은 눈과 발그레한 얼굴로 너를 마주했는데, 그 모습이 나의 첫인상이었을 거라고 생각하니 부끄럽다. 첫 사회생활을 함께

해 준 고마운 사람들로부터 너를 선물 받았을 때는 마음이 참 복잡했어. 깜짝 선물에 감사한 마음이 들면서도 너를 잘 지켜 낼 수 있을까 걱정스러운 마음도 있었거든. 식물을 키워 본 적이 거의 없었고, 몇 번의 경험마저도 끝이 항상 좋지 않았거든. 환경 탓을 하고 싶지는 않지만 해가 잘 들지 않고 통풍이 안되는 우리 집 사정도 마음에 걸렸어.

온갖 걱정을 끌어안고 무거운 마음으로 너를 집에 데리고 왔지. 그나마 햇볕을 받을 수 있는 창가에 두고 한참을 들여다봤던 것 같아. 짙은 초록 잎사귀에 선명한 잎맥. 쭉쭉 뻗은 줄기. 왠지 너라면 나와 함께 잘 지내 줄 것만 같은 단단한 무엇이 느껴졌어. 이 집에서 식물과 함께 지낼 생각은 못 했는데, 이왕 이렇게 된 거 우리 한번 잘 지내보자! 그렇게 우리의 동거 생활이 시작되었어.

처음엔 너에 대한 어떤 정보도 알지 못했어. 심지어 이름조차도. 생각해 보면 내가 물어볼 수도 있었을 텐데 정말 식물에 관심이 없었구나 싶다. 너의 이름을 어떻게 찾을 수 있을까 하며 '식물 이름 찾기'를 검색했더니 식물 이름을 찾아 주는 앱이 있더라고. 어찌나 신기하던지. 네 사진을 앱

에 올렸더니 1분도 안 돼서 댓글이 달렸어. '줄리아 페페로미아'

이름을 알고 나서야 비로소 관계가 맺어진 듯했어. 이름을 알았으니 너에 대해서 바로 찾아봤지. 어디서 왔는지, 무엇을 좋아하는지, 어떤 걸 싫어하는지. 너의 친구들을 보살피는 사람들의 이야기를 읽는데 애정과 관심이 물씬 느껴졌어. 아직 그 마음에는 턱없이 모자라겠지만 너와 오래 함께하기 위해 노력하겠다고 다짐했어.

물론 처음부터 쉽지 않았어. 너도 알지? 매일같이 너를 들여다봤잖아. 물이 부족하지는 않은지, 햇볕은 적당히 들어오는지, 바람은 잘 통하고 있는지. 얼마나 귀찮았을까? 낯선 우리 집에 적응하느라 한창 바쁜데 자꾸만 주위를 서성이며 부담스러운 시선을 보내고 있었으니. 지나친 관심에 지칠 법도 한데 그저 묵묵히 버텨 준 너에게 고마웠어.

모든 알람을 끈 채 늘어지게 늦잠을 자고, 먹고 싶을 때 먹고 싶은 음식을 먹고, 뒹굴뒹굴 하루 종일 빈둥거리고. 그토록 원하던 휴식을 누리고 있는데 왜 마음은 허한 건지. 둥둥 떠다니는 마음을 붙잡아 둘 곳이 필요했는데, 그게 바로 너였던 것 같아. 그래서 더 너에게 집착했던 걸지도 몰라.

남미 여행으로 꽤 오랜 시간 집을 떠나야 했을 때, 다른 건 다 괜찮은데 네가 걸리는 거야. 멀리 사는 동생에게 부탁했어. 한 번씩 집에 들러서 네 상태를 좀 봐 달라고. 혹여 흙이 메말라 있으면 물을 흠뻑 주고 창가에 놓아 달라고. 동생이 어이없다는 듯 쳐다봤어. 언제부터 그렇게 식물을 아끼게 되었느냐고. 그러게, 나도 놀랍더라. 식물 살펴봐 달라는 부탁 그때 처음 해 봤어. 너는 너대로 우리 집에 적응하며 부지런히 줄기를 내고 잎을 틔우고, 나는 나대로 조바심 내지 않고 적당한 거리를 유지하려고 노력하며 조금씩 서로의 삶에 스며든 것 같아. 그렇게 하루하루를 채우다 보니 어느새 넌 나와 가장 오랜 시간을 함께한 식물 친구가 되었어.

줄리아, 이번에 집을 새로 바꿔 보았는데 어때? 그동안 작은 공간에서 사느라 답답했지? 점점 커 가는 너를 보며 얼른 옮겨 줘야지 생각은 하고 있었는데, 나도 이사를 하게 되면서 환경이 크게 바뀔 것 같아 조금 더 시간을 두었어. 갑자기 모든 게 바뀌면 네가 스트레스를 받지 않을까 싶어서. 이사 직후에 잎의 색이 옅어지고 잎끝도 자꾸만 말려들어

가서 많이 걱정했어. 다행히 지금은 원래의 컨디션을 찾은 것 같아 마음이 놓인다.

베란다 창 너머로 가장 높이 솟은 너의 잎이 보여. 이상하게 그 잎만 보면 눈치를 살피게 된다니까? 지금도 낯간지러운 편지는 그만 쓰고 어서 와서 녀석들 상태나 좀 살펴보라는 듯 뾰족 솟아 있다. 그래, 지난주에 고향에 다녀온다고 집을 비웠더니 다들 상태가 말이 아니더라. 제일 오래된 네가 가장 멀쩡해. 역시 연륜은 무시 못 한다니까? 이제 진짜 그만 쓰고 해 넘어가기 전에 애들 봐줘야겠다. 변함없이 늘 내 곁을 지켜 주어서 고마워. 우리 오래 함께하자. 내가 바라는 건 그것뿐이야.

2020년 여름 한가운데서 너의 동반자 아나가

MALUS PUMILA MILL., 1768.

사과

(종이 위 수채색연필, 210×297mm, 2020)

쌍떡잎식물 장미목 장미과 낙엽 교목인 사과나무의 열매.
품종과 생육 환경에 따라 크기, 모양, 색깔, 맛이 다양하다.

DO YOU LIKE PLANTS?

(03)

FRUIT
열매

14
___

FRUITS

BOTANICAL ART

Beans

BOTANICAL ART

(31)

선비잡이콩 · 푸르대콩(청대콩) · 쥐눈이콩 · 제주푸른콩

학명	*Glycine max*
생물학적 분류	과: 콩과(*Leguminosae*) 속: 콩속(*Glycine*)

개파리동부

학명	*Vigna unguiculata subsp. unguiculata*
생물학적 분류	과: 콩과(*Leguminosae*) 속: 동부속(*Vigna*)

노랑녹두(황녹두)

학명	*Vigna unguiculata (L.) R. Wilczek*
생물학적 분류	과: 콩과(*Leguminosae*) 속: 동부속(*Vigna*)

＊ 왼쪽 세밀화에서 각 콩의 이름은 다음과 같습니다.

선비잡이콩 / 개파리동부

푸르대콩(청대콩) / 쥐눈이콩

제주푸른콩 / 노랑녹두(황녹두)

계절을 함께 걸어갈, 식구

꼭 한번 맺어 보고 싶었던 인연, 농산물 꾸러미. 지역마다 농산물을 생산하는 농가와 소비자가 직접 소통하며 '얼굴 있는 먹거리'를 사고파는 시스템이다. 중간 유통과정 없이 매달 그 계절의 신선한 농산물을 받아 볼 수 있어 좋다. 보통 가족 단위의 소규모 농가에서 꾸러미를 진행한다. 그렇기에 농가마다 진행할 수 있는 꾸러미 분량이 한정되어 있으며, 빈자리가 생기면 SNS를 통해 새로운 꾸러미 식구를 모집한다. 내가 연을 맺게 된 곳은 경기도 양평의 한 농장. 조금은 불편하고 손이 많이 가지만 농약과 비료, 멀칭 비닐을 사용하지 않고 풀을 적으로 두지 않으며 최대한 자연스러운 방식으로 농사를 짓기 위해 노력하는 가족이다. 인스타그램에서 팔로우를 하고 지켜보던 곳인데, 지난해 초에 추가로 꾸러미 식구를 모집한다는 글을 보고 냉큼 신청했다.

첫 꾸러미 발송 안내 문자가 왔다. 며칠 후 도착한 상자를 열자마자 노란 산수유 꽃송이와 갱지에 쓴 정겨운 편지가 눈에 들어왔다. 편지에는 농가의 소식과 꾸러미 품목에 대한 안내, 농산물 활용 레시피가 간단히 적혀 있었다. 꾹꾹 힘주어 쓴 글씨에 보내는 사람의 마음이 진하게 묻어 있어 읽고 또 읽어 보았다. 작물을 키우며 겪은 농가의 비하인드 스토리를 듣는 것 또한 꾸러미의 매력이다.

3월의 꾸러미는 새순 같다. 봄이 빼꼼 얼굴을 내민 느낌이랄까. 꾸러미 속 작물을 하나씩 꺼낼 때마다 부자가 된 듯한 기분이 들었다. 마지막으로 한살림의 소식지를 재활용해서 만든 종이봉투를 여는 순간 무언가 우수수 쏟아져 나왔다. 세상에, 이게 다 뭐야 하고 살펴보니 알록달록 동글동글한 토종 콩이다. 어찌나 예쁘게 생겼는지 꼭 보석처럼 빛났다. 편지 내용을 따라 꾸러미 물품을 살펴보았다. 노지에서 직접 캔 냉이, 손수 만든 생강청과 고구마 잼, 겨우내 저장해 둔 고구마와 돼지감자, 통들깨와 옥수수 차. 다른 것들은 한눈에 확인했지만 토종 콩은 여섯 가지가 섞여 있어서 살펴보는 데 시간이 조금 더 걸렸다. 분명 여섯 가지라고 했는데, 내 눈에는 왜 다섯 가지밖에 보이지 않지? 얼른 편지를 집어 다시 꼼꼼히 읽었다. 콩의 특징을 적어 주신 부분을 짚어 가며 한 알 한 알 자세히 살폈다.

녹색에 검은 얼룩이 있는 건 선비잡이콩, 갈색에 얼룩덜룩한 무늬는 개파리동부, 검은색 작은 콩은 쥐눈이콩, 노란색에 흰 배꼽은 노랑녹두. 그리고 가장 헷갈렸던 두 녀석. 녹색에 검은 배꼽은 푸르대콩, 녹색에 흰 배꼽은 제주푸른콩. 아기가 엄마의 배 속에서 탯줄을 통해 영양분을 받는 것처럼 콩도 꼬투리와 연결되어 영양분을 얻는다. 꼬투리와 연결되었던 부분이 콩에 흔적으로 남는데, 그 부분을 배꼽이라고 표현한다. 푸르대콩과 제주푸른콩은 색도 모양도 똑같아서 배꼽의 색깔로 구분한다. 애정을 갖고 살피지 않는다면 놓치고 말 부분이다. 사소해 보이지만 중요하게 다뤄지는 것들이 있다. 무시하고 지나치는 순간 전체를 뒤집어 놓을 수도 있다. 작은 것에도 마음을 다해야 하는 이유가 아닐까.

끼니를 같이하는 사람을 식구라고 한다. 농부가 정성껏 씨를 심어 싹 틔우고 열매 맺은 수확물을 함께 나누어 먹으니 '꾸러미 식구'라고 부른다. 식구가 나누어 준 귀한 먹을거리이기에 더욱 책임감을 느낀다. 나의 소중한 식구들과 함께 걸어갈 사계절이 벌써 기대된다.

계절을 함께 걸어갈, 식구

Carrot

Daucus carota subsp. sativus (Hoffm.) Arcang., 1882.

학명	*Daucus carota subsp. sativus (Hoffm.) Arcang., 1882.*
생물학적 분류	과: 산형과(*Umbelliferae*)
	속: 당근속(*Daucus*)

당근 이파리를 본 적 있어?

꾸러미에 당근이 왔다. 작고 귀여운 아이들이 누런 마끈에 가지런히 묶여서 왔다. 직접 밭에 가지 않는 이상 당근의 줄기와 이파리는 보기 어려운데, 뿌리부터 잎까지 온전한 당근이 왔다. 처음 보는 하얀 당근도 있고 익숙한 주황 당근도 있다. 크기는 시중에 판매되는 것의 1/10 정도 될까. 손가락 굵기 정도로 잘다. 일곱 줄기가 왔는데 크기도 모양도 제각각이라 들여다보는 재미가 있다. 꾸러미로 오는 작물은 흔하면서도 흔하지 않다. 분명 다 알고 있는 작물인데 처음 보는 것처럼 새롭고 신기하다.

익숙한 것에서 의외의 모습을 발견할 때 설렌다. 물론 새로운 것을 경험할 때의 떨림도 좋지만, 내가 알고 있던 게 전부가 아니라는 걸 깨달을 때 희열을 느낀다. 그래서 식물이 갖춰진 공간을 찾는 것보다 일상의 흐름 속에서 만나는 식물에 마음을 쏟게 되는 것 같다. 평소에 보기 힘든 이파리 달린 당근이 왔으니 무조건 사진으로 남긴다. 한데 모아서 단체 컷으로 찍고, 하나하나 개별 컷도 찍는다. 개별 컷도 전체 컷과 부분 컷으로 나누어서 찍는다. (이쯤 되면 거의 식물 전문 사진가이지 않나 싶다)

당근을 검색해 보면 '쌍떡잎식물 산형화목 미나릿과의 두해살이풀'로 요약된다. 당근의 줄기와 잎을 보면 미나리와 비슷하게 생겼다. 가늘지만 질기고 곧은 줄기와 새의 깃털 모양으로 생긴 잎. 미나리보다 잎이 갸름하고 끝이 뾰족하다. 한국민속대백과사전에서 당근의 어원을 살펴보니 '원대 이후 중국(화북지방)에서 들어온 뿌리라 해서 당근이라 한 것으로 여겨진다'라고 되어 있다. 이름 풀이는 뿌리로 한정되어 있지만, 식물학적 풀이는 풀까지 확장되어 있다. 당근이라는 이름은 사람들에게 편리한 쪽으로 붙여졌을 것이다. 쉽게 기억할 수 있도록 생활 속에서 주로 쓰이는 부분이 이

름이 된 게 아닐까. 당근뿐만 아니라 우리가 흔하게 접하는
채소와 과일은 대부분 지극히 일부분의 모습으로만 불리고
기억된다. 일부러 찾아 나서지 않는 이상 그들이 자라는 모
습을 볼 기회가 없으니 본래 어떤 모습인지 알 수가 없다.

가끔 엄마 아빠와 산책을 할 때마다 깜짝 놀라곤 한
다. 돌담 너머로 보이는 잎만 봐도 어떤 식물인지 알고, 쏙 올
라온 꽃만 보고도 어떤 작물의 꽃인지 말하는 게 신기하다.

"어떻게 그걸 다 알아?"
"어려서부터 보고 자랐으니까."

돈 주고 살 수만 있다면 사고 싶은 경험이다. 엄마 아
빠에게는 지루했을지도 모를 풍경이 내게는 특별하게만 느
껴진다. 무엇보다 그 속에서 보고 듣고 만지며 터득한 배움
이 부럽다. 날마다 마주하여 자연스럽게 남겨진 기억은 오랜
시간이 흘러도 잊히지 않고 살아 있으니까.

사려 해도 살 수 없고, 마음대로 가까이 둘 수도 없
는 풍경이기에 기회가 생길 때마다 놓치지 않으려고 한다. 매

달 만나는 꾸러미를 살펴볼 때, 농장 이야기가 담긴 편지를 읽을 때, 농부와 농작물을 직접 만날 수 있는 농부시장에 갈 때, 동네의 어느 텃밭을 지날 때. 조금 더 시간을 내어 머문다. 눈으로 보고 입으로 말하고 귀로 듣고 손으로 만지며 온몸으로 기억한다. 바쁘게 지나가는 시간 속에 흐리고 옅었던 순간들을 분명하고 짙게 덧칠한다.

Jerusalem Artichoke

Helianthus tuberosus L.

BOTANICAL ART

(33)

학명	*Helianthus tuberosus L.*
생물학적 분류	과: 국화과(*Compositae*)
	속: 해바라기속(*Helianthus*)

내 이름은

꾸러미에 돼지감자가 왔다. 모양새가 꼭 돼지의 발처럼 생겼다. 그래서 돼지감자인가. 돼지감자의 어원이 궁금해져 검색해 봤더니 돼지감자의 본래 이름은 뚱딴지였다. '무슨 뚱딴지 같은 소리야!'에 그 뚱딴지?

뛰어난 번식력과 생명력으로 아무 데서나 잘 자라는 뚱딴지는 논과 밭에서 갑자기 튀어나와서 사람들을 당황하게 만들었다고 한다. 감자도 돌멩이도 아닌 울퉁불퉁 이상한 녀석의 생김새를 보아하니 그럴 만도 하다. 뜬금없이 불쑥

나타난다고 해서 붙여진 이름이 뚱딴지. 뚱딴지가 돼지감자라고 불리게 된 이유도 썩 유쾌하지 않다. 사람이 먹지 않아 돼지에게 사료로 주면서 그렇게 부르게 된 것이다. 본명도 별명도 뚱딴지의 의사와 상관없이 사람들 마음대로다. 뚱딴지는 알고 있을까. 자기 존재가, 자신의 이름이 이렇게 쓰인다는 걸. 애초에 이름이란 건 자신이 원하지도 바라지도 않았던 것이다. 나의 바람보다 타인의 바람이 잔뜩 묻어 있다. 그런데 나는 그것을 평생 안고 살아간다. 어떠한 의문도 품지 않고 마치 원래 그랬던 것처럼.

어릴 적엔 평범하지 않은 내 이름이 싫었다. 이름 때문에 원치 않은 여러 별명을 얻어야 했다. 지금 생각해 보면 그저 유치한 말장난일 뿐인데 그때는 이름 때문에 생기는 별명들이 너무 듣기 싫었다. 아라? 안나? 그 누구도 내 이름을 한 번에 알아듣지 못했다. 평범한 이름도 많은데 왜 굳이 특이하게 지어서 나를 힘들게 할까. 부모님을, 정확히는 내 이름을 지어 준 할아버지를 원망했다. 이름 때문에 가장 괴로웠던 순간은 새 학기마다 반복되는 자기소개 시간이었다. 이름을 내뱉는 순간 주목될 시선이, 줄줄이 붙을 별명이 걱정되었다. 어떻게든 관심을 덜 받기 위해 한껏 몸을 수그린 채

내 이름은

개미만 한 목소리로 이름만 말하고 후다닥 자리로 들어오곤
했다.

　　중학교 때는 한자 시간 첫 숙제가 무려 내 이름의 의
미로 자기소개 하기였다. 안 그래도 싫은데 이름으로 자기소
개를 하라니. 하지만 별수 있나. 숙제를 해결하기 위해 처음
으로 아빠에게 한자로 이름 쓰는 법을 배웠고, 뜻도 알게 되
었다. 아빠는 다이어리 사이에 고이고이 간직해 둔 작명지
를 보여 주셨다. 할아버지가 내 사주에 맞춰 철학원에서 받
아 오신 이름들이 적혀 있었다. 밝을 '아', 아름다울 '나'가 가
운데 큰 글씨로 쓰여 있고, 그 외에 '희선'과 '희진' 등의 후보
이름이 작게 적혀 있었다. 보자마자 분노가 치밀어 속이 부
글부글 끓었다. 아니, 희선! 희진! 얼마나 평범하고 좋아!

　　하릴없이 다가온 한자 시간에 아빠에게 들은 대로 자
기소개를 했다. 이름을 한자로 쓰자 선생님이 신기해하셨다.

　　"한글 이름인 줄 알았는데 한자였구나. 뜻이 참 예쁘네."

　　부끄러워서 내색은 못했지만 뜻밖의 칭찬에 기분이

좋았다. 그때부터였던 것 같다. 내 이름에 애정이 싹트기 시작한 것이. 한글이 아니라 한자여서 숨은 의미가 있고, 흔하지 않아서 기억에 잘 남는다. 받침이 없어서 발음하기가 쉽고, 영문 이름마저 간단하다. 단점이라고 생각했던 부분들이 장점으로 다가왔다. 평범하지 않아서 싫었던 이름이 특별하게 느껴졌다. 마음은 손바닥 뒤집듯 쉬이 변한다. 어떤 문제든 내가 그걸 어떻게 바라보느냐에 달려 있다. 그게 장점이 될지 단점이 될지는 내 마음이 결정하는 거다. 마음이 자꾸만 단점을 향해 좁아질 땐 곁에 있는 사람들과 이야기를 나누는 것도 방법이다. 내가 보지 못한 것을 알려 줄 테니까.

울퉁불퉁 못생긴 뚱딴지를 쓰다듬듯 그려 본다. 깜깜하고 차가운 흙 속에서 언젠가 발견해 주길 기다리며 자기만의 시간을 채우고 새겼을 뚱딴지들. 하나도 같은 모양이 없다. 일정한 형식에 얽매이지 않고 각자 자기만의 모습으로 자랐다. 조금은 엉뚱하고 엉성한 뚱딴지에게서 자유로움과 자연스러움을 느낀다.

천덕꾸러기였던 뚱딴지가 건강식품으로 주목을 받으면서 이제는 농가에서 재배되고 있다. 뜬금없는 뚱딴지의 등

장이 오히려 반가운 일이 되었다. 뚱딴지 입장에서는 참 오래 살고 볼 일이다 싶겠다. 이제 와서 뚱딴지라는 이름을 바꿀 수는 없겠지만 뚱딴지같다는 의미는 달라져야 하지 않을까. 엉뚱하고 엉성해 보일지 몰라도 자세히 들여다보면 그 안에 숨겨진 가치가 있을지 모르니 소중히 다뤄 보자는 의미로.

Blueberry

Vaccinium spp.

(34)

블루베리

학명	*Vaccinium spp.*
생물학적 분류	과: 진달래과(*Ericaceae*) 속: 산앵도나무속(*Vaccinium*)

그림에 담고 싶은 것

"기기에 저장공간이 부족합니다" 한바탕 정리할 때가 되었
나 보다. 스마트폰이지만 스마트하게 사용하고 있지 않아서
용량을 잡아먹는 앱은 몇 가지로 정해져 있다. 따로 확인해
볼 필요도 없이 늘 하던 대로 손가락만 분주히 움직인다. 우
선 대화창의 파일부터 삭제하고 그다음엔 다 읽은 e-book
을 정리한다. 보통은 여기까지만 정리해도 여유가 생기는데,
여전히 아슬아슬하다. 그제야 용량을 확인해 본다. 가장 많
은 용량을 차지하고 있는 건 사진이지만 건드릴 수 없다. 최
대한 다른 데서 공간을 확보하고 그래도 부족하면 사진을

정리한다. 어느 순간부터 본래의 기능보다는 카메라와 사진첩의 역할을 더 크게 담당하고 있는 나의 휴대폰. 사진첩의 8할은 식물 사진이다. 최근에 찍은 사진부터 쭉쭉 밀어서 내려 보는데 새삼 신기하다. 식물을 키우고, 사진으로 찍고, 그림으로 기록하고. 이제 내 일상에서 식물은 떼려야 뗄 수 없는 귀한 존재가 되었다.

식물을 눈으로 보는 것, 사진으로 찍는 것, 그림으로 그리는 것은 각각 전혀 다른 차원의 일이다. 우선 식물을 눈으로 볼 때는 보는 사람마다 기준이 다르기에 같은 식물을 보아도 해석은 다양하다. 눈앞에 카메라가 들어서면 어떨까. 카메라와 카메라를 잡은 사람의 시선이 더해져 또 다른 해석이 나온다. 그리고 그것을 그림으로 옮길 땐 더 많은 해석이 붙게 된다. 사진에 찍힌 내 모습과 실제로 보는 내 모습, 그림으로 담긴 내 모습이 각각 다른 것처럼, 어떻게 해도 Ctrl+C, Ctrl+V를 눌러 복사하듯 똑같이 붙여 넣을 수는 없다. 하지만 어떤 모습으로 담겨도 그게 나라는 사실은 변하지 않는다. 내가 보지 못하는 나의 모습을 누군가의 눈이, 카메라 앵글이, 연필의 선이 발견해 낼 수도 있다. 식물을 찍고 그림으로 그리는 것도 마찬가지다. 식물의 아름다움을 다양한 시선으로 바라보고 표현하는 방법이다.

그동안 찍어 두었던 꽃과 풀, 그리고 그들이 어우러진 풍경을 가만히 바라본다. 내가 좋아하는 구도와 시선이 그대로 담겨 있다. 색이 점차 바뀌는 순간이라든지, 형태를 잃어가는 과정이라든지. 변화의 순간을 쫓는다. 사진과 그림은 평면적이지만 어떤 것을 담아 어떻게 풀어내느냐에 따라 얼마든지 달라질 수 있다.

여행지 사진을 보면 지난 여행이 떠오르듯 식물 사진을 보면 그 식물을 만난 순간이 파노라마처럼 흐른다. 풋풋한 열매가 점점 익어 가는 모습이 한눈에 들어왔던 블루베리 나무는 내가 딱 좋아하는 스타일이었다. 엄마가 키우는 화분 중에 하나였는데, 호시탐탐 열매를 노리는 새들을 쫓기 위해 꽂아 둔 플라스틱 물병 사이로 주렁주렁 달린 탐스러운 블루베리가 보였다. 열매의 색이 뿌연 연두색에서 점차 분홍빛으로 물들어 푸른 보랏빛으로 변해 가는 과정을 한 장의 그림으로 담을 수 있겠다 싶었다. 한참을 곁에 머물면서 블루베리 나무와 시간을 보냈다. 블루베리가 나무에서 열리는 열매였다는 것, 이파리가 형광 연둣빛이라는 것, 잎맥이 진하고 붓으로 쓱쓱 그어 놓은 듯 거칠다는 것을 알려 준 그때의 시간이 손바닥만 한 사진 속에서 재생되는 듯했다.

내 그림에도 생각과 감정을 불러일으키는 지점이 많았으면 좋겠다. 그래서 우리의 삶과 너무 동떨어져 있지 않은 식물을 만나고 기록하려고 노력한다. 사람들이 내 그림 속 식물을 통해 잊고 지내던 추억을 떠올렸으면 좋겠고, 미처 알지 못했던 부분을 얻어 갔으면 좋겠다. 식물이 우리들 사이의 연결고리가 되어 다양한 이야기를 담을 수 있었으면 좋겠다. 그러다 언젠가 우연히 만난 식물에서 나의 그림을 기억해 준다면 더할 나위 없이 행복할 것이다.

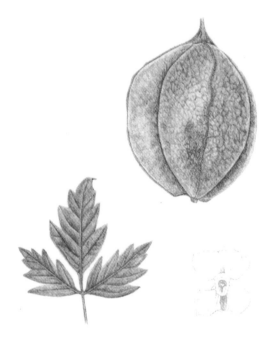

Balloon Vine

Cardiospermum halicacabum L., 1753.

학명	*Cardiospermum halicacabum L., 1753.*
생물학적 분류	과: 무환자나무과 *(Sapindaceae)* 속: 풍선덩굴속 *(Cardiospermum)*

풍선덩굴 양육일지

〈2020.05.06. 씨앗을 심다〉

봄을 맞이하여 작년에 농부시장에서 얻어 온 풍선덩굴 씨앗을 심기로 했다. 게으른 식물 집사는 하루하루 미루다 결국 5월이 다 되어서야 움직인다. 초보 집사이기에 파종할 때 어떤 흙이 필요한지 어떤 도구가 있어야 하는지 몰라서 헤매다가 SNS 팔로잉 중인 화원에서 봄맞이 파종 키트를 판매하고 있길래 냉큼 주문했다.

열매가 풍선처럼 부풀어 올라서 풍선덩굴이다. 열매는 어릴 적 종이접기로 만든 색종이 공처럼 생겼다. 파삭, 열매를 쪼개면 검은색 씨앗이 나온다. 씨앗에는 하트가 콕 박혀 있다. 검은색 동그란 알맹이에 하얀색 하트. 행운을 가져다주는 포춘쿠키 같다.

씨앗을 발아시키기 위해 압축토를 물에 불렸다. 압축토는 처음 사용해 보는 거라 설렘 반 긴장 반. 다행히 물을 쭉쭉 잘 흡수했다. 세 개의 압축토 덩어리에 씨앗 여섯 개를 나누어 심었다. 나무 막대기로 가운데에 홈을 파고 그 안에 씨앗을 두 알씩 심고서 살짝 흙을 덮어 주었다. 흙을 너무 단단히 덮으면 발아가 힘들다고 해서 주의했다. 부디 하나라도 싹을 틔우길!

〈2020.05.17. 싹 트기 시작〉

반양지에 두고 흙이 마르지 않도록 이틀에 한 번 정도 물을 주었다. 언제쯤 싹이 올라오려나 매일 들여다봤다. 1년 넘게 씨앗을 방치해 둔 탓에 싹을 못 틔우면 어쩌나 걱정스럽기도 했다. 마음을 달래 가며 하루하루 기다렸는데, 오늘 확인해 보니 드디어 싹을 틔웠다. 아주 신기하다. 여리고 고운 새싹을 마주하니 마음이 몽글몽글하다.

〈2020.05.22. 떡잎과 줄기〉

싹 트기 시작한 지 5일 후 세 녀석 중 한 녀석은 금세 줄기를 세웠다. 그리고 다른 한 녀석은 떡잎이 올라오고 있었다. 귀여워! 떡잎과 줄기를 내는 녀석들은 종이 화분으로 옮겨 심었다. 흙의 기운을 듬뿍 받을 수 있게 상토와 배양토를 섞어서 화분에 넣어 주었다.

〈2020.06.01. 풍선덩굴 세 친구〉

씨앗을 심은 지 보름 정도가 지나자 세 녀석 모두 떡잎을 떨어뜨리고 곧은줄기를 세우고 잎을 냈다. 가장 늦게 싹을 틔운 녀석도 부지런히 친구들을 따라간다. 힘내라 힘!

〈2020.06.12. 지지대 설치〉

녀석들의 성장 속도가 어마무시하다. 자꾸만 고꾸라지는 줄기를 잡아 주기 위해 부랴부랴 지지대를 설치했다. 지지대의 정체는 철사 옷걸이. 남아도는 옷걸이를 재활용했다. 옷걸이를 풀어서 꺾인 부분을 니퍼로 자르니 딱 두 개의 지지대 분량이 나온다. 구부러진 부분을 일자로 쭉 펴서 사용했다.

〈2020.06.24. 줄 지지대 설치〉

옷걸이 지지대로는 부족하다. 옷걸이 지지대 끝에 하얀색 실을 묶어 고정하고 베란다 천장에 달린 고리에 연결했다. 너희 이제 조금 무서워지려고 해. 얼마나 빨리 얼마나 높이 오르려나.

〈2020.06.27. 꽃 피우다〉

꽃을 피웠다. 아주 작은 하얀색 꽃. 꽃 옆으로 벌써 열매를 맺으려는 조짐이 보인다. 덩굴줄기가 옷걸이 지지대를 휘휘 감고 있다. 가느다란 줄기가 약해 보이지만 생각보다 단단하고 질기다. 속도가 느렸던 막내는 늘어지는 줄기의 모양이 멋스러워 지지대를 대지 않았는데 너무나 근사하게 자라 주었다. 얽히고설킨 줄기들이 서로를 지지대 삼아 받치고 있다.

〈2020.07.30. 리셋 후 복구 중〉

7월 초에 일주일 정도 본가에 다녀왔다. 가기 전에 초록이들에게 물을 잔뜩 챙겨 주는 것도 잊지 않았다. 집으로 돌아오자마자 녀석들의 컨디션을 살피는데, 세상에나. 풍선덩굴의 잎이 말라 버렸다. 종이 화분이라 수분이 빨리 날아

가는 데다가 한낮의 햇볕이 꽤 뜨거워서 며칠 새 잎이 바싹 마른 모양이다. 눈물을 머금고 마른 잎을 다 잘라 냈다.

앙상해진 줄기로 며칠을 보낸 풍선덩굴은 다시 힘을 내어 새 줄기와 잎을 틔웠다. 마른 잎이 잘려 나간 자리에서 다시 새싹이 올라왔다. 말라 버린 꽃과 열매를 떨구고 새로운 꽃과 열매를 맺기 위해 부지런히 여름을 보낸다.

〈2020.08.20. 꽃이 핀 자리에 반드시 열매가 맺히지는 않는다〉

꽃을 피웠다고 해서 그 자리에 거저 열매를 맺는 것은 아니다. 풍선덩굴은 짧은 사이에 많은 꽃을 피워 냈지만 열매로 여문 것은 단 하나. 여름날의 뜨거운 햇살과 후끈한 공기, 무거운 바람을 견뎌야 한다. 그 과정이 얼마나 힘들고 어려운지 느낀다. 식물을 돌보는 집사의 역할이 얼마나 중요한지도. 기나긴 장마를 잘 견뎌 낸 풍선덩굴 곳곳에 작은 아기 열매 주머니가 달렸다. 열매가 부풀 때까지 애정을 담아 보살펴야겠다. 풍선덩굴이 애쓰는 만큼 결실을 거두기를 바라며.

Pea

Pisum sativum L.

BOTANICAL ART

(36)

학명	*Pisum sativum L.*
생물학적 분류	과: 콩과(*Leguminosae*)
	속: 완두속(*Pisum*)

난 엄마의 자존감이니까

그런 날이 있다. 이상하게 하루의 시작부터 끝까지 번번이 꼬이기만 하는 그런 날. 무너지는 마음을 겨우 부여잡고 꾸역꾸역 하루를 버텼다. 집으로 돌아가는 걸음마저 버거운 날에는 초능력을 찾게 된다. 집까지 순간이동 할 수 있었으면. 자꾸만 멈춰 서려는 다리를 질질 끌다시피 데려다가 현관문 앞에 세웠다. 수고했다며 토닥토닥 다리를 두드리는데 발끝에 하얀 아이스박스가 닿았다. 아 맞다, 엄마가 반찬 보낸다고 했지.

조금조금 보내겠다더니 아이스박스 크기를 보아하니 조금은 아닌 듯하다. 살짝 들어 보니 확실히 조금은 아니다. 어깨에 메고 있던 가방과 짐을 입구에 내려놓고는 팔소매를 걷어붙이고 낑낑대며 아이스박스를 옮겼다. 곧이어 언박싱 타임. 엄마표 냉동식품이 한가득하다. 찾아 먹기 좋게끔 투명한 봉투에 한 끼 분량으로 이것저것 담겨 있다. 냉동 상태가 더 풀리기 전에 얼른 반찬을 정리하고 보니 남은 건 빵빵한 검은색 비닐봉지 하나. 텃밭에 완두콩 농사가 풍년이라더니 완두콩을 한 보따리 보냈다. 다듬으려면 한참 걸리겠다. 몸도 마음도 지칠 대로 지쳤지만 이대로 누우면 밤새 뒤척일 것 같아 신문지를 펼쳤다. 신문지 위로 완두콩을 쏟아붓고 철퍼덕 주저앉았다. 잘 여물어 꼬투리 양쪽을 살짝만 눌러도 완두콩이 쏟아져 나온다. 쓸데없는 생각을 잠재우는 데에는 단순노동이 최고지. 우리 엄마 완두 농사 잘 지었네, 자랑할 만했다! 꼬투리와 완두콩을 만지작거리며 엄마의 지난 시간을 짐작해 본다. 바깥일 하면서 집안일도 하고, 그 와중에 텃밭 농사를 지어 딸에게 보내기까지 또 얼마나 부지런히 살았을까.

대학 내내 끼니 걱정 없는 기숙사 생활을 하다가 졸

업하고 자취를 하게 되자 엄마는 반찬을 보내기 시작했다. 반찬을 만드는 것도, 그걸 하나하나 싸서 부치는 것도 보통 일이 아니기에 알아서 챙겨 먹고 있으니 보내지 말라고 했다. 언젠가 이런 얘기를 고등학교 은사님과 나누었는데 은사님이 그러셨다. 엄마가 보내 주는 건 그저 감사히 받으라고. 어쩌면 엄마에게는 그게 기쁨일지 모른다고. 여전히 딸에게 필요한 존재라는 걸 느끼게 해 줄지도 모른다고 말이다.

항상 생각했다. 우리 엄마는 참 아까운 사람이라고. 만약 결혼하지 않았다면 지금보다 멋진 삶을 살지 않았을까. 무슨 일이든 제대로 해냈을 사람이란 걸 알기에 엄마의 삶이 안타까웠다. 이제라도 엄마가 아닌 여자로서의 삶을 살기를 바랐다. 커피 한잔 마시러 카페에 가는 것조차 아까워하는 엄마에게 괜히 화를 내기도 했다. 물론 이기적인 생각일지도 모른다. 그저 내 눈에 보이는 것들로만 판단하는 모자란 마음이 엄마의 삶을 감히 초라하게 만든 걸지도.

완두콩 한 알 한 알에 엄마의 손길과 마음이 꽉꽉 들어차 영롱하게 영글었다. 엄마의 마음을 알알이 정성스럽게 다듬는다. 나와 동생의 성장을 친척에게 지인에게 자랑할 때, 엄마의 얼굴은 가장 빛난다. 어려서부터 그걸 자연스레 알았던 것일까. 반짝이는 엄마의 얼굴이 보고 싶어 누군가의 앞에서는 인사도 꾸벅 잘하고, 채소 반찬도 더 열심히 먹었다. 엄마가 여자로서의 자존감을 놓았다면 내가 엄마의 자존감이 되어 주면 된다. 앞으로 엄마가 더 빛나게, 더 많이 웃게 만들 거다. 난 엄마의 자존감이니까.

Fig

Ficus carica L., 1753.

BOTANICAL ART

(37)

학명	*Ficus carica L., 1753.*
생물학적 분류	과: 뽕나무과(Moraceae) 속: 무화과나무속(Ficus)

친해지길 바라

무화과를 좋아하지 않는다. 갑자기 무슨 뜬금없는 고백인가
싶겠지만 웬만해선 편식하지 않는 내게는 조금 특별한 일이
다. 먹으라면 먹을 순 있지만 내 돈 주고 사 먹지 않는 몇 가
지 음식 중에 하나다. 우선 무화과를 좋아하는 분들에게 사
과의 말씀을 드린다. 지금부터 무화과를 싫어하는 이유를
줄줄 써 나갈 것이기에 다소 불편하더라도 이런 사람도 있구
나 하고 이해해 주기를 바란다.

　무화과를 좋아하지 않는 첫 번째 이유는 식감. 음식

에서 중요한 요소를 꼽는다면 내게는 맛보다도 식감이다. 무화과처럼 물렁물렁한 식감을 별로 좋아하지 않는다. 아삭하거나 쫀득하거나 바삭하거나 하는 쪽을 좋아한다. 두 번째 이유는 향이다. 무화과 향이 내게는 화장품 향처럼 느껴진다. 거기에 달큼한 향이 더해져 묵직하게 다가온다. 사과나 오렌지같이 가볍고 상큼한 향이 더 좋다. 세 번째 이유는 신맛이 없고 단맛이 강한 무화과의 맛 때문이다. 달콤한 과일보다 새콤한 과일을 좋아한다. 그렇다고 단맛이 아주 없는 걸 좋아하지는 않지만, 단맛보다는 신맛이 더 강한 쪽이 좋다.

쓰고 보니 좋아하지 않는 이유를 참 정성스럽게도 적었다. 무화과 입장에서는 별로 궁금하지 않을 것 같은데 말이다. 이렇게나 과일로서 무화과를 먹는 걸 멀리했지만 희한하게도 식물로서 무화과를 관찰하는 일은 무엇보다 흥미롭다. 실내에 두고 키우면서 열매 맺는 걸 볼 수 있는 나무가 흔치 않은데, 무화과나무가 그중 하나다. 하지만 겁쟁이 식물 집사는 엄두도 내지 못하고 선배 집사들의 사진을 보며 대리만족 했다. 잎 모양이 특이하고 예뻐서 한창 무화과나무 사진을 찾아보던 시기가 있었다. 무심코 이미지를 보다가 이상한 점을 발견했다. 왜 열매 사진만 있고 꽃 사진은 없지?

친해지길 바라

꽃이 피어야 열매가 나는 거 아닌가? 그제야 무화과를 검색
해 봤다.

　꽃이 피지 않는 열매라서 무화과(無花果)라고 한다.
떵. 머리를 한 대 맞은 느낌이었다. 무화과라는 이름에 대해
왜 한 번도 궁금해하지 않았을까. 실제로는 꽃이 피지 않는
게 아니라 겉으로 드러나지 않을 뿐이다. 우리가 열매로 알
고 있는 주머니 같은 꽃차례가 발달하여 수많은 꽃을 품는
다. 심지어 암수한그루로 꽃차례 위쪽에는 수꽃, 아래쪽에는
암꽃이 핀다. 무화과를 반으로 쪼개어 관찰하면 조금 더 이
해하기가 쉽다. 주머니의 껍질 부분이 꽃받침이고 그와 붙어
있는 하얀 과육 부분이 씨방이다. 씨방과 연결된 자잘한 줄
기 하나하나가 작은 꽃송이다. 이렇게 무화과는 꽃, 열매, 종
자가 하나의 주머니로 폭 싸여 있다. 그야말로 복주머니다.

　보면 볼수록 경이롭다. 무화과는 어쩜 이렇게 생겼을
까. 식물을 그리기 전에 식물을 충분히 관찰하는 일은 무엇
보다 중요하다. 식물의 구조와 형태를 정확하게 이해하고 표
현하기 위해서. 사람마다 얼굴의 생김새, 체형, 체격이 다르
듯 식물에도 각각 고유한 특성과 규칙이 있다. 떡잎이 한쪽

만 달리는지 양쪽으로 달리는지, 꽃봉오리가 어떻게 맺히는지, 꽃잎이 몇 장이고 어떤 모양으로 생겼는지, 잎은 어떤 방향성을 가졌는지. 스케치하기 전에 주의 깊게 살펴본다. 보태니컬 아트는 식물을 예술적으로 풀어내는 그림이지만, 기본 요소는 지켜야 식물화로서 의미가 있다.

동네 과일가게에 갔다가 나도 모르게 무화과 한 팩을 손에 들었다. 한 알 한 알 다치지 않게 하얀 과일망에 싸여 있다. 무화과를 들여다보고, 선과 결을 스케치하고, 색을 채우는 일련의 과정을 거치고 나니 부쩍 가까워진 기분이다. 무르지만 부드러운 질감, 수많은 꽃송이가 풍기는 향기와 달콤한 꿀을 이제는 조금 즐길 수 있지 않을까.

Jujube

Ziziphus jujuba Mill., 1768.

(38)

학명	*Ziziphus jujuba Mill., 1768.*
생물학적 분류	과: 갈매나무과(Rhamnaceae)
	속: 대추나무속(Ziziphus)

할아버지의 마음

우리 집에는 제사가 자주 있었다. 일정한 간격을 두고 한 시기에 몰려 있었다. 한 달에 두 번 제사를 지낸 적도 있다. 할아버지, 할머니, 셋째 큰아빠 식구들, 넷째 큰아빠 식구들, 첫째 고모 식구들에 우리 식구까지 더하면 거의 스무 명 가까운 사람들이 모였다. 북적거리고 정신없지만, 도란도란 정겨운 모습이 좋아 제사하는 날을 퍽 기다렸던 것 같다. 엄마 아빠가 느지막이 결혼한 탓에 나와 동생은 식구 중 가장 어렸고, 사촌 형제들과 나이 차이가 있어서 많이 예쁨받았다. 하지만 누구보다도 나와 동생을 예뻐해 준 사람은 할아버지였다.

　이제는 시간이 많이 흘러 할아버지가 우리를 아끼셨다는 걸 느낌으로만 기억하고 있다. 앨범 속 빛바랜 사진처럼 흐릿한 찰나로 남아 있다. 드문드문 떠오르는 장면 속 배경은 늘 명절이나 제삿날의 할아버지 댁 마루다. 온 가족이 모여 제사에 올릴 음식을 장만하는데 나와 동생은 어리다는 이유로 열외가 되었다. 아무것도 안 하고 있는 게 뻘쭘해서 괜히 근처를 서성거리고 있으면 할아버지가 다가와 우리를 돌봐 주시곤 했다. 장난기 많았던 할아버지는 이런저런 농담으로 내 마음을 툭툭 건드리곤 했는데 어린 나는 그걸 받아들이지 못했다. 할아버지는 왜 자꾸 나를 놀릴까? 왜 나를 귀찮게 할까? 세상 행복한 미소를 지으며 장난을 걸어오는 할아버지가 얄미워 퉁명스럽게 대했다. 속상한 마음에 엄마한테 징징대면 너 예뻐서 그러는 거라고 타일렀는데 도무지 이해할 수 없었다. 혼자 토라져서는 제사가 끝날 때까지 할아버지를 요리조리 피해 다녔다. 제사가 마무리되고 상을 정리할 때쯤 할아버지는 당신이 좋아하시던 대추 몇 알을 내게 건넸다. 할아버지 손에 놓인 대추알을 바라보며 고개를 저었다.

손가락 마디마디 세월이 쌓여 두툼한 할아버지 손에는 늘 생대추와 생밤이 들려 있었다. 할아버지도 큰아빠들도 심지어 아빠도 생대추와 생밤을 아그작아그작 맛나게 드셨다. 호기심에 아빠 손에 있던 생대추를 한 알 빼앗아 입에 넣었는데, 에퉤! 이게 무슨 맛이야! 떫고 텁텁해 절로 인상이 찌푸려졌다. 아빠는 오래 꼭꼭 씹으면 달고 맛있다고 말했지만 내 입엔 씹으면 씹을수록 풋내만 느껴졌다. 뻔한 이야기지만, 짓궂은 장난도 은근슬쩍 건네던 대추 몇 알도 할아버지만의 애정 표현이었다는 걸 한참 뒤에 깨달았다. 더 이상 할아버지의 천연한 웃음을 볼 수 없게 되어서야 그 모든 게 손녀를 향한 사랑이었다는 걸 알았다.

매해 추석 무렵이면 햇대추가 나온다. 새벽배송 마켓에도 올라와 있어 냉큼 장바구니에 담았다. 붉은 갈색 바탕에 밝은 연두색이 한 방울 톡 떨어진 듯 오묘하게 섞여 들어간 열매. 정성껏 씻어 입에 쏙 넣었다. 조심스레 깨물어 가운데 박힌 단단한 씨앗을 발라낸다. 처음엔 신맛이 팍 터지는데 천천히 꼭꼭 씹으면 달달한 과즙이 배어 나온다. 톡톡 건드리는 장난기 뒤 달큼한 알맹이 같던 할아버지의 사랑에 이제야 폭 안겨 본다.

Sweet Green Pumpkin

Cucurbita maxima Duchesne

BOTANICAL ART

39

학명	*Cucurbita maxima Duchesne*
생물학적 분류	과: 박과(*Cucurbitaceae*) 속: 호박속(*Cucurbita*)

단호박 선생님

가끔 아이들과 함께하던 때가 떠오른다. 사실 퇴사 직후엔 거의 매일 센터 꿈을 꾸었다. 여전히 그곳에서 일하는 모습이 나오기도 했고, 다시 센터로 돌아가는 모습이 그려지기도 했다. 사직서 한 장으로 정리하기엔 5년이라는 시간이 너무도 깊고 진하게 남아 있다. 센터에서는 '동반'이라는 말을 참 자연스럽게 사용했다. 처음에는 낯설어서 입에 붙지 않던 단어인데 어느새 나도 가르친다는 말보다 동반한다는 말을 더 편안하게 썼다. 센터에서 이뤄지는 모든 교육활동의 바탕은 사랑과 동반이었다. 아이들이 있는 곳에는 항상 선생님이 함께했다. 그들이 머무는 곳에서 언제든 우리의 사랑을 느낄 수 있도록. 그럼에도 아이들이 사랑받지 못한 시간이 너무 길어서 우리에게 주어진 6개월이라는 시간은 짧고 부족했다. 식사 시간도 마찬가지였다. 아이들끼리 선생님끼리 따로 식사하지 않았다. 선생님들이 아이들의 식탁으로 찾아가서 함께 식사했다. 길게 이어진 식탁 양쪽 끝이 선생님 자리였다. 끝 테이블에 앉은 아이들은 종종 자신이 좋아하는 선생님에게 이쪽으로 오라며 미리 사인을 보내기도 했다.

그 날은 쉬는 시간에 자기와 놀아 주지 않았다고 토라진 녀석이 있어 점심 때 일부러 아이의 자리를 찾았다. 말은 걸고 싶은데 삐쳤으니 자기가 먼저 입을 열기는 싫고, 어서 내게 말을 걸라는 듯 온몸으로 레이저를 쏘고 있었다. 아까는 너무 바빠서 그랬다며 미안하다고 화해를 청했는데 거절당했다. 그래, 한 번에 받아 줄 리가 없지.

"선생님하고 이야기 안 할 거예요."
"진짜지? 후회하지 마~"
"네. 끝이에요. 끝!"
"그래, 알았어."

호기롭게 끝이라고 외쳐 놓고는 내 눈치를 보며 계속 끝이라는 둥 이제 진짜 선생님 안 찾아갈 거라는 둥 은근슬쩍 나를 떠본다. 부러 눈도 마주치지 않고 조용히 식사에 집중했더니,

"왜 아무런 대답이 없어요?"
"네가 끝이라며. 난 한 번 돌아서면 두 번은 없어."
"와, 쌤 완전 애호박이시네요."

응? 단호박은 어디 가고 웬 애호박이.

"애호박이 아니라 단호박이겠지."
"아 맞다 맞다, 말이 헛나왔어요. 아무튼 제가 이번 한 번만 너그럽게 용서해 드릴게요."

아이고, 고오-맙다 고마워! 대단한 인심을 쓴 것처럼 의기양양한 태도에 어이가 없다가도, 단호박 대신 애호박을 찾는 엉뚱함에 웃음이 나왔다. 하루에도 수십 번 냉탕과 온탕을 넘나드는 아이들을 상대하느라 기운이 쏙 빠질 때도 있었지만, 또 그만큼 아이들 덕에 웃으며 기운을 차리기도

했다. 서툴고 부족한 나를 선생님이라고 아끼고 사랑해 주는 아이들이 뻣뻣한 마음을 자꾸만 말랑하게 만들었다. 단단하고 두꺼운 껍질을 끊임없이 두드렸다. 까칠하고 무뚝뚝한 모습에 가려진 둥글둥글한 나를 알아보고 끌어내 주었다.

아이들을 바라보며 1년만 더, 그래 1년만 더, 하다가 5년이 넘었다. 지금도 믿기지 않는 시간이다. 선물 같은 사람들과 함께했던 시간을 오래오래 기억하고 싶다. 이따금 마음에 번지던 어느 순간들을 소중히 간직한다. 살면서 두고두고 꺼내 보고 싶으니까.

Garlic

Allium sativum L., 1753.

BOTANICAL ART

학명	*Allium sativum L., 1753.*
생물학적 분류	과: 백합과*(Liliaceae)*
	속: 부추속*(Allium)*

기본에 정성을 더하는 일

작업하느라 새벽 4시에 잤다. 7시에 맞춰 놓은 알람은 듣지
못했다. 눈을 뜨니 오전 10시 반. 비몽사몽 휴대폰을 들고 정
신을 차리려 뉴스 페이지를 뒤적거렸다. 스르르 다시 잠이
들려고 눈꺼풀이 닫히려는 찰나 고개를 젓고 몸을 일으켰다.
어기적어기적 현관으로 걸어가 문을 열고 택배 박스를 옮겼
다. 새벽배송으로 시킨 물건들을 정리하고 베란다로 나갔다.
"잘 잤어?" 한 손으론 눈을 비비며 다른 손으로 초록이들을
어루만졌다. 타임의 흙과 코코넛 화분이 바싹 말라 있어 물
을 흠뻑 주었다. 손가락으로 다른 아이들의 흙도 차례로 찔

러 봤다. 아직 괜찮네. 날씨가 점점 추워지면서 식물의 활동이 줄어 물먹는 속도가 느려졌다. 녀석들은 한발 앞서 겨울을 준비하는 중이다.

방으로 들어와 그제야 물 한잔을 마신다. 밤새 바싹 마른 내 몸에도 촉촉한 기운을 넣는다. 욕실로 들어가 거울을 봤다. 난리 났네 난리 났어. 떡진 머리와 턱 끝까지 내려온 다크서클, 목이 늘어난 티셔츠까지. 못 봐 주겠다 정말. 며칠째 이어진 밤샘 작업으로 몰골도 생활 패턴도 모두 엉망진창이었다. 꼬깃꼬깃해진 일상을 다시금 반듯하게 다려야 할 때 가장 먼저 하는 일은 샤워다. 깨끗하게 씻기만 해도 몽롱했던 정신이 맑아지고 몸이 한결 가벼워진다. 이어서 하는 일은 밥상 차리기. 작업한답시고 배달 음식이나 인스턴트에 찌들게 한 속을 챙긴다.

채소를 꺼내 찹찹 손질한다. 우리나라 음식에 웬만해선 빠지지 않는 마늘. 꾸러미에 통마늘이 와서 시원한 베란다에 걸어 두었다. 한 뿌리를 통째 들고 와서 마른 줄기를 잘라 내고 밑동은 껍질째 물에 푹 담가 둔다. 바싹 마른 껍질이 물을 먹고 부드러워지면 손으로도 벗겨 낼 수 있다. 땅의 기운을 오롯이 품어 알맹이가 단단하고 실하다. 이렇게 키워 내기 위해서는 얼마나 많은 땀을 흘리고 정성을 들여야 할까.

얼마 전 한살림 소식지에 실린 농부의 인터뷰 내용이 떠올랐다. 기억하고 싶어서 일부분을 사진으로 남겨 두었다. '기본에 정성을 더하는 것' 그분이 농사를 지으며 가장 중요하게 생각하는 마음가짐이었다. 퇴비를 줄 때, 방제할 때, 돌려짓기할 때. 손이 많이 가는 과정에 조금 더 신경을 쓰고 마음을 다한다고 했다.

"내가 신경 쓴 만큼, 꼭 그만큼 잘 자라니까. 작물은 농부의 발소리를 먹고 자란다는 말이 어른들이 하는 뻔한 소리라 생각했는데 한 해 두 해 농사짓다 보니 그게 참말이었어요. 양파를 출하한 후에는 다 팔릴 때까지 잠도 잘 못 자요. 아이를 처음 밖에 내놓은 것처럼요."

누구나 할 수 있지만 누구도 쉽게 해낼 수 없는 일에 한 번 더 손을 뻗고 한 걸음 더 들어서는 수고를 아끼지 않는다. 나의 꾸러미 농부님도 같은 마음이지 않을까. 약을 치면 더 크고 예쁜 작물을 길러 낼 수 있지만, 자연의 힘을 믿고 기본에 충실하며 우직하게 농사를 짓는다.

몸을 단정히 하고 끼니를 건강하게 채우는 일. 지금 내가 갖춰야 하는 '기본'이다. 조각조각 나누어져 어지럽게 널린 일상을 찾는 데 정성을 들여야 할 때다. 마늘을 다지는 손끝에 가볍게 힘이 실린다. 딱, 딱, 딱, 딱, 나무도마와 칼이 만들어 내는 리듬을 따라 마음도 함께 움직이는 시간. 흩어진 일상의 조각을 다시 맞춰 본다.

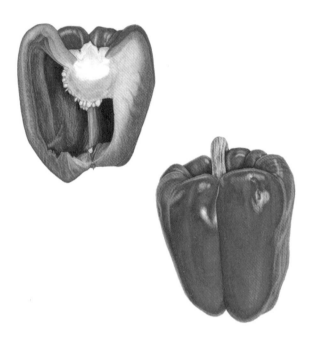

파프리카

열매

Paprika

Capsicum annuum var. angulosum

학명	*Capsicum annuum var. angulosum*
생물학적 분류	과: 가지과(Solanaceae)
	속: 고추속(Capsicum)

씨앗이 열매를 맺기까지

챙겨 보는 예능 프로그램이 몇 개 있다. 여행을 떠나는 프로
그램이나 여행지에서 특별한 프로젝트를 하는 프로그램을
좋아한다. 여행을 좋아하지만 좀처럼 쉽게 떠나지 못하는 성
격이라 영상으로나마 대리만족을 한다. 멋진 풍경 속에서 이
뤄지는 재미있는 일들을 함께 즐기다 보면 한두 시간이 훌
쩍 지난다. 아무 생각 없이 화면 속에 빠져들어 보내는 시간
이 때때로 일상의 피로를 해소해 준다.

신나게 웃고 즐기면 그만인 시간이지만 프로그램 속

장면이나 문장이 길게 남아 문득 생각날 때가 있다. 몇몇 출연자가 함께 여행을 떠나는 프로그램에서 두 팀이 목적지를 찾아가는 미션을 진행한 적이 있다. 가는 길에 퀴즈를 풀면 목적지에 대한 힌트를 얻을 수 있었다. 그때 나온 문제 중 하나가 '빨간 주머니에 금화가 가득 들어 있는 것은?'이었다. 질문을 듣자마자 떠오른 답이 파프리카였다. 빨간색 주머니 모양에 씨앗이 가득 들어 있는 모습이 번뜩 떠올랐다. 하지만 아쉽게도 답은 고추였다. 목적지가 고추와 관련된 지역이었던 것이다. 고추보다는 파프리카가 더 주머니 같지 않나? 아무리 생각해도 파프리카가 답에 더 가까운 것 같지만 출제자의 의도가 있으니 어쩔 수 없다.

어찌 되었든, 씨앗을 금은보화라고 표현한 것이 인상적이다. 그렇게 볼 수도 있겠구나. 올록볼록 단단한 질감의 파프리카를 절반으로 쪼개면 중심에서 씨앗이 후드득 떨어진다. 사실 파프리카를 손질하면서 씨앗을 제거하는 과정은 조금 귀찮다. 얇고 작은 씨앗이 이리저리 흩어져 번거롭게 한다. 하얀 심지에서는 그렇게 잘 떨어지던 씨앗이 과육에는 찰싹 달라붙어 좀 얄밉다. 깨끗이 정리했겠거니 하고 다음을 준비하다 보면 꼭 어디선가 한 알씩 튀어나온다. 내게는 성가

신 존재가 누군가의 눈에는 금은보화로 보일 수 있다니, 묘하다. 같은 걸 봐도 사람마다 생각하는 게 이렇게 다르다. 작은 씨앗이지만 곧 싹을 틔우고 열매 맺을 모습을 생각하면 금은보화보다 더 값지다. 무한한 가능성을 가지고 있으니까. 씨앗을 품는 일은 가능성을 열어 주는 것과 같다. 새싹으로 자랄 가능성, 꽃을 피울 가능성, 열매를 맺을 가능성. 모든 가능성을 실현하는 건 씨앗의 몫이지만 홀로 해낼 수는 없다. 영양분을 공급받을 흙이 있어야 하고, 광합성을 하기 위해 햇볕과 물도 필요하다. 적절한 때에 바람을 맞고 비에 흠뻑 젖기도 해야 튼튼하게 자랄 수 있다. 열매를 맺기까지 과정을 하나하나 넘어설 때마다 곁에서 함께하는 존재가 필요하다.

내게도 그런 조력자가 있다. 마음에 품은 씨앗이 움틀 수 있게 숨을 불어넣어 주는 존재들. 꽃을 피우고 열매 맺을 순간을 함께 기다리고 버텨 주는 존재들. 그들의 다정한 다독임 덕에 희망과 기대를 품었다. 할 수 있다는 희망, 해낼 거라는 기대. 지난한 여정에도 든든하게 곁을 지켜 준 그들에게 고맙다. 덕분에 싹을 틔우고 이만큼 자랄 수 있었다. 내가 믿는 그들, 또 그들이 믿는 나를 함께 의지하며 이제 꽃봉오리를 맺으러 간다.

Radish

Raphanus sativus

래디시

학명	*Raphanus sativus*
생물학적 분류	과: 십자화과*(Cruciferae)*
	속: 무속*(Raphanus)*

보이지 않는다고 빛나지 않는 건 아니야

식물을 채취하지 않고 사진 찍은 것을 그림으로 옮기다 보니 뿌리를 그리는 일이 흔치 않다. 그래서인지 냉이, 달래같이 뿌리째 볼 수 있는 식물이나 당근, 무와 같은 뿌리채소를 그리는 게 재밌다. 생각해 보면 우리가 열매처럼 먹고 있는 채소 중에는 본래 뿌리인 것이 많다. 뿌리채소라고 통틀어 부르지만 잎, 줄기, 뿌리 등이 양분을 저장하려고 덩어리처럼 커진 경우를 모두 포함한다. 감자는 땅속줄기가 커져서 알맹이처럼 된 것이고, 고구마는 뿌리의 일부가 덩이 모양으로 생긴 것이다.

뿌리를 그리다 보면 뻗어 가는 형태에 집중하게 된다. 겉으로 드러나지 않은 식물의 시간을 들여다보게 된다. 줄기를 세우고, 잎을 내고, 꽃을 피우고, 열매를 맺을 수 있도록 지지하고 버텨 주었던 뿌리의 시간과 노력이 담겨 있다. 그만큼 복잡하고 어려운 소재지만 뿌리가 해 주는 식물의 이야기에 귀를 기울이며 손끝에 힘을 준다. 여러 갈래로 뻗으며 에너지를 뿜어내는 모습과는 다르게 뿌리의 색은 단순하고 차분한 경우가 많다. 대부분 백색이지만 당근이나 고구마처럼 자기만의 색을 가지기도 한다. 비트처럼 겉은 평범하지만 속은 특별한 반전의 매력을 지닌 경우도 있다.

뿌리채소 중에서 형태만큼이나 화려한 색깔을 자랑하는 건 아마도 래디시가 아닐까. 통통 튀는 선명한 진홍색의 래디시. 그 색깔만 보면 새콤한 맛이 날 것만 같은데 속은 하얀 무와 닮아 맛도 비슷하다. 방울처럼 생긴 무라고 해서 방울무라고도 불린다. 처음 래디시를 봤을 때는 색이 화려하고 예뻐서 열매인 줄 알았다. 나중에 뿌리란 걸 알고 나서 깜짝 놀랐다. 어쩐지 래디시 입장에서는 아쉬울 것 같다는 생각이 들었다. 열매나 꽃이었다면 진즉에 사람들에게 알려졌을 텐데. 눈에 확 띄도록 드러내야 마땅한 아름다움을 땅속

에 꼭꼭 숨겨 놓았으니 얼마나 답답했을까. 하지만 이내 생
각을 접었다. 보이지 않는다고 빛나지 않는 건 아니니까. 진
정 아름다운 것은 눈에 띄지 않아도, 조명을 비추지 않아도
스스로 빛을 발하기 마련이다.

땅속의 래디시를 처음 발견한 사람은 기분이 어땠을
까. 이렇게 아리따운 뿌리를 얻었으니 보석을 발견한 것처럼
신기하고 기뻤겠지. 자연은 늘 예상치 못한 곳에서 뜻밖의
선과 결과 색으로 감동을 준다. 그런 자연의 색을 고작 몇 가
지 색연필로 그려 낸다는 게 말도 안 되는 일 같지만, 그 과
정을 따라가며 맞이하는 벅찬 순간이 있다. 식물을 관찰하
고 사진으로 남길 때, 사진 속에서 식물의 선을 찾고 스케치
할 때, 색을 고르고 섞어 가며 자연에 가까운 색을 만들어
낼 때. 힘겨운 여정이지만 하얀 종이가 내가 발견한 선과 색
으로 채워지는 걸 보면 마음이 벅차오르는 것이다. 식물을
조금 더 이해하게 되고, 의외의 아름다움을 발견하기도 한
다. 이 꽃은 색깔이 이렇게나 다채로웠구나, 이 열매는 색깔
이 참 섬세하게 섞여 있구나 하고.

누군가는 의문을 품는다. 사진으로 찍으면 되는 걸

보이지 않는다고 빛나지 않는 건 아니야

군이 그림으로 남길 필요가 있는지, 그토록 디테일하게 그릴 필요가 있는지 궁금해한다. 사진이든 그림이든 작품을 대할 때 한 장의 결과물뿐만 아니라 그 이면의 과정을 헤아려 준다면 좋겠다. 어떻게 이 소재를 선택하게 되었는지, 어째서 이런 시선을 담게 되었는지, 작품을 통해 어떤 이야기를 하고 싶은 것인지. 작품 너머의 세계에도 마음을 조금 내어 준다면 좋겠다. 군데군데 묻어나는 작가의 해석에 귀를 기울이다 보면 감상자의 세계도 풍부해진다. 식물을 찍고 기록하는 순간 품게 되는 것들을 고스란히 그림에 담아내기 위해 노력한다. 내 그림을 만나는 사람들이 그걸 오롯이 느낄 수 있다면 좋겠다.

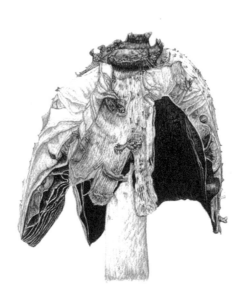

Coprinus comatus

Coprinus comatus (O.F. Müll.) Pers. 1797

BOTANICAL ART

학명	*Coprinus comatus (O.F. Müll.) Pers. 1797*
생물학적 분류	과: 주름버섯과(*Agaricaceae*) 속: 먹물버섯속(*Coprinus*)

숨겨진 아름다움을 발굴하는 일

서울 어느 공원의 한복판에 뿅 올라와 있다는 먹물버섯(이
하 '먹물이') 소식을 들었다. 함께 그림을 그리는 선생님이 발
견한 것이다. 먹물이에 대해서는 둘째가라면 서러울 우리 선
생님. 선생님이 찍어 둔 사진으로만 만났던 녀석의 실물을
보게 되다니 두근두근 설렜다. 수업을 마치고 함께 점심을
먹으러 가는 길에 먹물이를 찾아 나섰다. 어느 나무 밑도 아
니고 바위 그늘 아래도 아닌 세상 환한 곳에 이 녀석이 떡하
니 올라와 있었다. 나 여기 있어요! 하며 손 흔들고 있는데
아무도 알아보지 못하는 안타까운 상황. 우리 선생님만 한

눈에 알아보셨겠지. 먹물이를 사진으로만 접했던 나도 스윽 지나치고 말았을 것 같다. 셋이서 옹기종기 녀석을 둘러싸고 앉아 한참을 들여다봤다. 힐끔거리는 사람들의 시선이 잠시 느껴졌다. 익숙한 시선이라 개의치 않는다. 사실 신경 쓸 겨를이 없다. 눈앞에 먹물이를 두고 괜한 데 시간을 허비할 수는 없으니까.

"어떡해, 너무 예쁘다."
"어떻게 여기에 이렇게 있지? 신기해."
"아, 진짜 귀엽다아."

연신 감탄과 애정이 터져 나왔다. 너무 작고 소중해서 차마 만질 생각조차 하지 못했다. 그저 고개를 조금 더 숙이고 눈을 더 가까이 맞대는 것으로 충분했다. 가만 보니 땅 위로 올라온 지 한참 된 것 같다. 먹물버섯은 갸름한 달걀 모양으로 올라와서 우산을 펴듯 갓을 점점 펼친다. 그런데 녀석의 갓은 이미 펼쳐진 채 축 처져 있다. 갓의 안쪽을 들여다보니 군데군데 새까만 먹물이 차올랐다. 먹물이에게 시간이 얼마 남지 않은 듯하다. 조만간 남은 갓도 먹물로 스르륵 녹아내릴 것이다. 언제 어디서 다시 만날지 모르는 귀한 순간인 만큼 사진으로나마 많이 남겨 두었다.

일주일 후 다시 그 자리를 찾아갔을 때 역시나 먹물이는 사라지고 없었다. 검은 먹물 자국만 희미하게 남아 있었다. 곧 그 자국마저도 사라질 테지. 지난주에 보지 못했더라면 내게 먹물이는 여전히 사진 속 식물일 뿐이었을 것이다. 매주 지나치는 공원의 그 자리도 아무 의미 없었을 것이다. 그렇게 생각하니 먹물이를 만났던 순간이 더없이 소중하게 느껴진다.

선생님의 다정한 시선이 핀조명처럼 정확히 먹물이를 비추었을 때, 먹물이는 얼마나 아름답게 빛나고 있었을까. 식물을 그린다는 건 어쩌면 숨어 있는 아름다움을 발굴하는 일인 것 같다. 우리가 그저 지나 보내는 풍경 곳곳에 동그란 핀조명을 밝히는 일. 시선이 닿지 않는 곳에 숨은 아름다움을 살며시 들추는 일. 어쩐지 막중한 책임감이 느껴진다.

먹물이가 떠나간 자리에 조용히 안녕을 고하고 돌아서는 길, 평소보다 천천히 걸음을 옮겼다. 공원을 꼼꼼히 살피며 하나하나 인사를 나누듯 식물들과 조금 더 오래 눈을 맞추었다. 혹시나 또 다른 먹물이가 자신을 알아봐 주길 기다리고 있을지 모를 일이다.

숨겨진 아름다움을 발굴하는 일

솔방울

열매

Conifer cone

Pinus densiflora Siebold & Zucc., 1842.

솔방울

학명	*Pinus densiflora Siebold & Zucc., 1842.*
생물학적 분류	과: 소나무과(Pinaceae) 속: 소나무속(Pinus)

따스하고 촉촉한 움직임

내 방은 늘 건조했다. 저녁에 세탁한 빨래를 널어놓으면 하룻밤 사이에 바싹 마르곤 했다. 난방이 시작되는 겨울이면 더 심해진다. 마치 방의 습도를 위해 스스로 가습기가 되어버린 기분. 내 몸의 수분을 방에 내주고 나는 쪼그라들었다. 눈꺼풀은 쩍쩍 붙고 코와 목은 까끌까끌 피부는 뻣뻣해졌다. 아침마다 룸메이트들과 서로를 향해 마른오징어라며 놀리기도 했다. 해마다 고민했다. 가습기를 살 것인가 말 것인가. 아침마다 거울 속 오징어를 마주할 때면 '아, 이번엔 무조건이다, 사자 가습기!'를 외치다가도 막상 사려고 하면 망설여졌다. '코딱지만 한 방에 굳이?'로 시작해서 '그냥 빨래나 널어 놓자!'로 결론이 났다.

일주일에 한 번 통화를 할까 말까 할 정도로 무뚝뚝한 딸이라 엄마에게 이런저런 이야기를 시시콜콜 말하지 않는 편이다. 그 한 번의 통화마저도 10번에 9.5번은 엄마가 먼저 거는 전화다. 통화 내용도 별거 없다. 밥 먹었어? 응. 아픈데는? 없어. 필요한 거 있으면 전화해. 응. 엄마가 묻는 말에 대답만 하는 앵무새 같은 딸. 말 없고 표현도 없는 딸이란 걸 알기에 엄마는 끊임없이 물으며 내 마음을 캐내려 애쓴다. 매번 같은 질문에 같은 대답을 하다가도, 희한하게 어떤 날엔 마음이 걸려들어 툭 털어놓게 된다. 따뜻하게 지내라는 엄마의 말에 난방을 세게 돌리면 방이 너무 건조하다며 말을 흐렸다. 흐린 말도 곧장 주워 담는 엄마는 잘 때 수건 널고 자라며 금세 해결책을 제시해 준다.

며칠 뒤 엄마가 보낸 반찬 꾸러미 속에 솔방울이 한 봉지 담겨 있었다. 드르륵드르륵. 엄마 전화다. "택배 도착했?" 이것저것 부친 반찬 설명을 하다가 솔방울 얘기를 한다. 운동 삼아 다니는 집 근처 공원에서 주운 솔방울이란다. 뜨거운 물에 한 번 삶은 거니까 대접에 물을 받아서 담가 두면 가습기처럼 좋다고 한다. 엄마 말대로 커다란 볼에 솔방울을 넣고 물을 반쯤 채웠다. 과연 물을 빨아들일까? 반나절 정도 지나니 물은 온데간데없고 한껏 오므린 솔방울만 남았다. 신기하네. 물을 흠뻑 먹은 솔방울은 사선으로 교차하는 격자 모양을 이루고 있어 작은 파인애플 같기도 하고, 둥글고 갸름한 달걀처럼 보이기도 했다.

시간이 지나면서 오므리고 있던 솔방울이 하나둘 피어났다. 오그라들었던 나무의 비늘이 하나씩 기지개를 켜듯 팔다리를 쭉쭉 뻗었다. 솔방울이 피어나는 걸 보며 방의 습도를 가늠할 수 있었다. 은은한 솔향은 덤이다.

그 겨울 나의 가습기가 되어 준 솔방울. 소나무에서 떨어졌으니 생명력을 잃은 거라고 생각했는데, 물을 품고 내뿜으며 피고 지는 모습에 또다시 생동감을 느꼈다. 차갑고 건조한 내 방에 찾아든 따스하고 촉촉한 움직임. 은은한 솔향이 맡고 싶어지는 걸 보니 곧 계절이 바뀔 것 같다. 솔방울 주우러 숲에 가야겠다.

INDEX

ㄱ

강아지풀 _____ 145

개나리 _____ 029

갯개미취 _____ 013

구억배추꽃 _____ 088

ㄴ

냉이 _____ 107

노랑꽃창포 _____ 083

능소화 _____ 078

ㄷ

단풍나무 _____ 160

단호박 _____ 227

담쟁이덩굴 _____ 155

당근 _____ 191

대추 _____ 223

대파 _____ 130

동백나무 _____ 099

뚱딴지 _____ 196

ㄹ

래디시 _____ 241

로즈마리 _____ 135

ㅁ

마늘 _____ 232

만병초 _____ 118

머위 _____ 124

먹물버섯 _____ 246

무화과 _____ 218

ㅂ

백목련 _____ 023

블루베리 _____ 202

ⓢ

사과 _____ 181

사랑초 _____ 150

산철쭉 _____ 039

샐비어 _____ 049

손바닥선인장 _____ 165

솔방울 _____ 251

스킨답서스 _____ 112

스톡 _____ 044

ⓞ

아네모네 _____ 061

앵두나무 _____ 034

연꽃 _____ 073

올리브나무 _____ 140

완두 _____ 213

ⓙ

장미허브 _____ 171

적작약 소르베 _____ 067

종지나물 _____ 055

줄리아 페페로미아 _____ 176

ⓚ

코스모스 _____ 093

ⓔ

토종 콩 _____ 186

튤립 _____ 017

ⓟ

파프리카 _____ 237

풍선덩굴 _____ 207

식물 좋아하세요?

'do you *like it?*'
plants
FOR YOUR EXTRAORDINARY HOLIDAY

초판 1쇄 발행 2021년 3월 10일
▶▶ **2쇄 발행** 2022년 1월 19일

지은이 조아나

펴낸이 이광재
책임편집 김난아
디자인 이창주 **시리즈 일러스트** 스튜디오 빵승
마케팅 정가현 **영업** 노시영, 허남

펴낸곳 카멜북스 **출판등록** 제311-2012-000068호
주소 서울특별시 마포구 양화로12길 26 지월드빌딩 (서교동 395-7) 3층
전화 02-3144-7113 **팩스** 02-6442-8610
이메일 camelbook@naver.com
홈페이지 www.camelbooks.co.kr
페이스북 www.facebook.com/camelbooks
인스타그램 www.instagram.com/camelbook

ISBN 978-89-98599-77-5(03810)